W0417001

Steffen Weinert, Jahrgang 1975, hat an der Filmakademie Baden-Württemberg studiert und arbeitet heute vor allem als Autor und Regisseur. Sein Kurzfilm «Der Aufreißer» lief auf mehr als 60 nationalen und internationalen Filmfestivals und hat mehr als 20 Preise gewonnen. Sein Langfilmdebüt «Finn und der Weg zum Himmel» wurde unter anderem auf den Festivals in Shanghai, Stuttgart und Biberach gezeigt sowie vom SWR und BR ausgestrahlt. Im November 2016 erschien sein Roman «Die Netten schlafen allein» bei Rowohlt, den er in Kürze mit Kostja Ullmann in der Hauptrolle selbst verfilmen wird.

STEFFEN WEINERT

Läuft bei uns

Ein Vater-Tochter-Roman

Rowohlt Taschenbuch Verlag

Originalausgabe | Veröffentlicht im Rowohlt Taschenbuch Verlag, Reinbek bei Hamburg, März 2019 | Copyright © 2019 by Rowohlt Verlag GmbH, Reinbek bei Hamburg | Redaktion Jan Wielpütz | Umschlaggestaltung FAVORIT-BUERO, München | Umschlagabbildung Dan Sipple / Getty Images | Satz aus der Dolly Pro bei Pinkuin Satz und Datentechnik, Berlin | Druck und Bindung CPI books GmbH, Leck, Germany | ISBN 978 3 499 27426 8

*Ich habe keine Rituale, bloß die Dinge,
die man immer gleich macht*

Michael Ballack

1

«Mathilda, mein Schatz. Aufstehen. Frühstücken», flüstere ich meiner Vierzehnjährigen sanft ins Ohr und ernte wie jeden Morgen die gleiche Reaktion. Nämlich keine.

Ein mehrmaliges Wiederholen meiner Worte in zunehmender Lautstärke entlockt ihr dann immerhin ein gutturales Grunzen, das entfernt an den Brunftschrei eines Wasserbüffels erinnert und wohl so etwas bedeuten soll wie «geh weg». Ihre Liegeposition bleibt derweil aber unverändert.

Ganz offensichtlich gehorcht ihr Körper ihr noch nicht. Ein typisches Problem von Heranwachsenden. Ich als fürsorglicher Vater bin aber natürlich gern bereit, ihr bei ihrem Problem zu helfen.

Ich gehe also ins Bad, halte dort meine Hände einige Sekunden lang unter kaltes Wasser, kehre ins Kinderzimmer zurück, schiebe meine nun feucht-kalten Hände unter Mathildas Bettdecke und lege sie ihr auf den Rücken.

Die Reaktion lässt nicht lange auf sich warten: Mathilda windet sich, schlägt mit Armen und Beinen aus, und ich muss höllisch aufpassen, dass sie mir kein blaues Auge verpasst. Danach richtet sie sich katapultartig auf und blickt mich grimmig an. «Pa-pa! Mann!»

«Ma-thil-da! Kind!», antworte ich und gebe ihr einen Kuss auf die Stirn. «Wunderschönen guten Morgen! Gut geschlafen?»

«Bin noch nicht fertig damit.»

«Doch, bist du.» Ich ziehe ihr die Bettdecke weg, öffne die Gardinen, dann das Fenster und hänge die Decke zum Auslüften über den Sims.

Mathilda krümmt sich in Embryonalstellung auf der Matratze. «Ist kalt.»

«Ja, ist kalt.»

«Mach zu.»

«Nein, ich mach nicht zu.»

«Doch. Ich werde sonst krank.»

«Nein. Wirst du nicht.»

«Ist kalt.»

«Ja, ist kalt. Im Bad ist warm.»

Ein letztes Aufbäumen, dann quält sie sich endlich grummelnd aus dem Bett und trottet ins Bad.

Während sie sich ihrer Morgenhygiene widmet, mache ich Kaffee und Rührei, presse Orangen aus und schneide Äpfel auf. Danach schmiere ich ein Pausenbrot, das ich anschließend in dem Jutesack verstaue, mit dem Mathilda ihre Schulsachen transportiert.

Nach einer gefühlten Ewigkeit kommt sie schließlich in die Küche. «Ich hab gar keine Zeit zum Frühstücken.»

«Ich weiß. Iss trotzdem was.»

Ohne sich zu setzen, zieht sie ihre Schuhe an, trinkt einen Schluck Orangensaft, beißt ein Stück von ihrem Brot ab und schiebt sich eine Gabel voll Rührei in den Mund.

Dann schultert sie den Jutesack, gibt mir einen flüchtigen Abschiedskuss und geht.

«Tschüs.»

«Tschüs, meine Liebe, und viel Spaß in der Schule.»

«Sehr witzig, Papa.»

Ich warte darauf, dass die Tür ins Schloss fällt und mein Tag beginnen kann. Doch das erlösende Geräusch bleibt aus, stattdessen kommt Mathilda zurück. Sie hält ein Blatt Papier in der Hand, welches sie vor mich auf den Tisch legt. Zeitgleich drückt sie mir einen Stift in die Hand.

«Hab ich ganz vergessen. Das musst du noch schnell unterschreiben.»

«Wie? Schnell unterschreiben?», frage ich und fühle mich ein klein wenig überrumpelt. «Warum gibst du mir das erst jetzt?»

«Vergessen.»

Ich überfliege das Blatt und folgere aufgrund von Signalwörtern wie «Zellteilung» und «Membran», dass es sich um eine Biologie-Arbeit handeln muss.

«Kannst du dich bitte beeilen?», drängelt Mathilda. «Ich bin spät dran.»

Ich tue ihr den Gefallen, setze meine Unterschrift in die untere rechte Ecke des Blattes und widme mich dann wieder meiner Zeitung. Mathilda ist zufrieden und steckt die Arbeit in ihren Jutesack.

Doch dann fällt mir plötzlich ein, dass ich gar nicht gesehen habe, welche Note auf dem Blatt stand. Warum eigentlich nicht? Bisher musste ich mir über Mathildas schulisches Vorankommen zwar keine Sorgen machen, denn sie bringt seit jeher ausschließlich Einsen und Zweien mit nach Hause, aber die Zensur ist doch die entscheidende Information, wegen der die Eltern die Arbeiten unterzeichnen müssen.

«Kann ich das noch mal sehen, bitte?», frage ich, kurz bevor sie die Wohnung endgültig verlässt.

«Warum?»

«Weil ich was nachsehen will.»

«Was denn?»

«Mathilda, gib mir die Arbeit, bitte.»

«Ich muss los.»

«Kannst du gleich. Aber vorher gibst du mir die Arbeit.»

Mathilda blickt mich wenig kooperativ an, tut dann aber doch, was ich von ihr verlange, und fischt das Blatt wieder hervor.

Auch beim erneuten Überfliegen kann ich die Note nicht auf Anhieb entdecken. Doch dann folge ich einer Eingebung und hebe das gelbe Post-it mit der Aufschrift «Bitte unterschreiben lassen» ein wenig an und blicke darunter. Schlagartig entweicht jegliches Blut aus meinem Gesicht. «Eine Vier?», frage ich entsetzt.

Mathilda zuckt mit den Achseln. «Kann doch mal passieren, oder?»

Ich versuche, mich zusammenzureißen. Aber es klappt nicht, denn aus einer Vier wird schnell mal eine Fünf und aus einer Fünf eine Sechs, und ab da ist es nur noch ein kleiner Schritt, dass meine Tochter fortan nicht mehr im Klassenzimmer sitzt, sondern es putzt. «Darüber müssen wir dringend reden, Mathilda.»

«Machen wir, Papa. Aber nicht jetzt, denn jetzt muss ich

zur Schule. Sonst gibt's noch mal 'ne Vier, und das willst du doch nicht, oder? Bis später.» Spricht's und ist so schnell zur Tür hinaus wie noch nie.

2

Mathilda und ich. Wir beide sind eigentlich ein Dream-Team. Normalerweise zumindest. Es sieht zwar manchmal nicht so aus, aber unsere Beziehung ist seit jeher sehr eng.

Wir vertrauen uns. Wir schätzen uns. Wir lieben uns. Letzteres ganz besonders. Auch wenn Mathilda diese drei Worte in den vergangenen Jahren nicht mehr sehr häufig über die Lippen gekommen sind, bin ich mir sicher, dass sie es genauso empfindet wie ich.

Früher waren bei ihr Liebesbekundungen Usus. Bei jeder erdenklichen Gelegenheit gestand sie mir, wie sehr sie mich doch liebt: «So sehr» nämlich, und dieses «so sehr» veranschaulichte sie dann, indem sie ihre Arm so weit sie konnte ausbreitete.

Dass es jetzt seit längerem keinerlei verbale Liebesbezeugung mehr gegeben hat, liegt, schätze ich, an der Pubertät. Sobald diese durchgestanden und Mathilda nicht mehr so sehr mit sich selbst beschäftigt ist, wird sie in diesem Punkt bestimmt wieder etwas spendabler. Zumindest hoffe ich das.

Früher, so mit sechs oder sieben, nannte sie mich immer «den besten Papa der Welt». So oft und mit solcher Inbrunst, dass ich es eine Weile lang auch wirklich geglaubt habe. Obwohl ich wusste, dass ich täglich mindestens zwanzig Erziehungsfehler machte. Für sie war ich trotzdem der beste Papa der Welt. Diese Zeit war wunderschön.

Ich sehne mich oft nach jener bedingungslosen Liebe zurück. Die süßen Worte des Nachwuchses funktionieren ein bisschen wie Drogen. Man wird süchtig danach. Und wenn der Dealer einem plötzlich den Stoff verweigert, wird man ganz nervös und muss aufpassen, dass man keine unsinnigen oder schädlichen Dinge anstellt, um dennoch daran zu kommen. Wie zum Beispiel zu versuchen, ihn mit immer größer werdenden Geburtstagsgeschenken zurückzukaufen.

Ich habe diesem Drang glücklicherweise immer widerstanden. Glaube ich zumindest. Natürlich mache ich meinem Kind gern eine Freude, aber übermäßig teure Anschaffungen wie zum Beispiel das lange gewünschte Pony – samt Stellplatz, Futter, Impfungen und allem anderen, was noch dazu gehört – hat es nicht gegeben, obwohl ich es mir mittlerweile leisten könnte.

Mathilda hat es meinem Empfinden nach ganz gutgetan, dass es in unserem Miteinander klare Regeln und Prinzipien gibt, auf die sie sich verlassen kann. Ich bin ein liebevoller Vater, aber vielleicht auch ein kleines bisschen streng, das muss ich schon zugeben. Mir ist wichtig, dass Bettgehzeiten penibel genau eingehalten werden, dass sich Mathilda einmal im Monat von unserem Hausarzt durchchecken lässt, dass sie nur das isst, was wir besprechen, und dass sie mich anruft, wenn sie mal abends oder am Wochenende bei einer Freundin ist. Einmal, wenn sie dort ankommt, und ein zweites Mal, wenn sie von dort aufbricht.

Ganz normale Regeln eben, die es in jeder anderen Familie auch gibt.

3

Mein Verleger Dr. Heiko Hessler begrüßt mich wie immer blendend gelaunt. Ganz richtig, ich habe einen Verleger. Denn ich bin ein sehr bekannter Schriftsteller. Genauer gesagt, bin ich eine sehr bekannte Schriftstellerin, denn ich schreibe unter dem Pseudonym Lore Lachmund. Lediglich meinen ersten Roman *Das Raunen der Regenwürmer* habe ich unter meinem richtigen Namen Sebastian Schulz veröffentlicht. Ich habe fünf Jahre daran geschrieben, laut Verlag hat er sich dann insgesamt 36 Mal verkauft.

Nein, das ist nicht viel. Ich bezweifle zudem auch, dass diese 36 Menschen das Buch überhaupt zu Ende gelesen haben. Bei einem 800-Seiten-Werk, das überwiegend aus Naturbeschreibungen besteht, ist die Wahrscheinlichkeit eher gering.

Nach diesem finanziellen Desaster folgte eine kurze, aber nicht minder schmerzvolle künstlerische Krise, aus der mich erst mein Kumpel Heiko befreite, indem er mich dazu überredete, unter weiblichem Pseudonym bittersüße Liebesromane für die Frau zwischen dreißig und fünfzig zu schreiben.

Und er hatte recht. Lore Lachmunds erstes Buch *Dornrösel* schaffte auf Anhieb den Sprung in die Bestsellerlisten.

Genauso erging es den beiden Folgetiteln *Schneeweißel* und *Rosenrötel*. Alle drei Romane wurden verfilmt, was den Absatz noch mal vervielfachte. Dadurch wuchs nicht nur meine – beziehungsweise Lore Lachmunds – Bekanntheit beträchtlich, sondern auch unser gemeinsamer Kontostand. Seitdem haben wir einen Lauf, die Lore und ich, denn die folgenden sechs Romane wurden allesamt ebenfalls Bestseller.

«Hallo, Heiko. Wie geht's dir?», frage ich etwas außer Atem, denn die letzten beiden Stockwerke zu seinem lichtdurchfluteten Dachgeschossbüro muss man ohne Lift zurücklegen, und Sport bereitet meiner Meinung nach nur dann Freude, wenn man ihn passiv betreibt, sprich zusieht. Das hat sich mit den Jahren natürlich auf meine Kondition ausgewirkt.

«Großartig. Wirklich großartig geht's mir. Ich habe eine neue Bekanntschaft gemacht. Fünfzehn Jahre jünger. Nymphomanin und eine Granate, sag ich dir.»

Heiko sieht ganz und gar nicht aus wie jemand, der sich den ganzen Tag mit Literatur beschäftigt. Man könnte ihn eher für einen Supermarktleiter oder Gebrauchtwagenhändler halten. Braun gebrannt, Polohemd, Karojackett, wild wuchernde Brustbehaarung, Bürstenhaarschnitt. Und durchtrainiert. Äußerlich also das genaue Gegenteil von mir. Auch charakterlich könnten wir nicht unterschiedlicher sein. Ohne überheblich klingen zu wollen: Heiko ist deutlich einfacher gestrickt als ich und in erster Linie an seiner Bedürfnisbefriedigung interessiert. Und vermutlich genau aus diesem Grund immer wesentlich entspannter, selbstzufriedener und glücklicher als ich.

«Das freut mich für dich», sage ich, lege mein hellgraues Sportsakko – das ich immer zu Außenterminen trage – ab und lasse mich aufs Sofa plumpsen. «Wie geht's deiner Frau?»

Eine Millisekunde lang meine ich die Spur eines schlechten Gewissens über Heikos Gesicht huschen zu sehen, doch vielleicht täusche ich mich, denn als ich blinzle, ist der Ausdruck auf seinem Gesicht wieder verschwunden, und ich sehe sein breites, selbstsicheres Grinsen.

«Eins-a-Themenwechsel, Lore. Aber danke der Nachfrage. Frau und Kinder sind wohlauf. Ihnen geht es ebenfalls hervorragend, wenn auch aus gänzlich anderen Gründen. Mika hat von mir ein neues Sportcoupé bekommen, was sie sehr glücklich macht, und den Drillingen habe ich ein Pony geschenkt. Und bei dir? Wie läuft's privat?»

«Alles wie gehabt», antworte ich wahrheitsgemäß.

«Frauen?», fragt Heiko vorsichtig.

Diese Frage stellt er immer. Ich schüttle milde lächelnd den Kopf. «Ich konzentriere mich auf Kind und Karriere, weißt du doch.»

Heiko nickt nachdenklich. «Na gut. Dann lass uns doch mal über die Idee für dein neues Buch sprechen.»

«Sehr gern», erwidere ich, und im gleichen Moment durchströmt mich ein angenehmes Kribbeln. Selbst nach insgesamt zehn veröffentlichten Büchern bin ich in Momenten wie diesem nach wie vor ein wenig aufgeregt. Doch die Erfahrung zeigt, dass ich es nicht sein müsste, denn in der Regel kommen von Heiko ausschließlich begeisterte Kommentare wie «Knalleridee», «Das verkauft sich wie geschnitten Brot» oder «Du bist ein Genie». Doch heute wirkt er nicht ganz so überschwänglich wie sonst. Streng genommen, scheint sogar genau das Gegenteil der Fall zu sein.

«Also: Ich habe deinen Pitch mit großem Interesse gelesen …»

«Okay.» Das fängt gar nicht gut an. ‹Mit großem Interesse› bedeutet so viel wie ‹Das Lesen bereitete mir körperliche Schmerzen›.

«Und die Grundkonstellation von *Sabine und der Sultan* finde ich auch schon ganz gut.»

«Okay.» Meine innere Anspannung nimmt deutlich zu. Die Grundkonstellation findet er schon ganz gut. Was meint er damit? Dass es eine Liebesgeschichte ist, in der eine Frau und ein Mann vorkommen?

«Aber …» Er hält inne und scheint mit sich zu ringen, ob er den Satz zu Ende führen soll oder lieber nicht.

Ich rutsche unruhig auf meinem Platz hin und her. «Jaaa?», sage ich ungeduldig, nachdem er das Weitersprechen eine Spur zu lange hinausgezögert hat.

«Lass mich ehrlich zu dir sein, Sebastian. An der Idee ist an sich nichts auszusetzen. Eine Liebesgeschichte zwischen einem Scheich und einer Bombenentschärferin habe ich so noch nicht gelesen. Das könnte originell und lustig werden. Das könnte ein typischer Lore Lachmund werden.»

«Könnte?», frage ich irritiert. «Du meinst wahrscheinlich, es wird originell und lustig, oder?»

«Nein, genau das meine ich nicht …»

«Nein?»

«Nein, denn ich glaube … na, wie soll ich es ausdrücken?» Wieder macht er eine viel zu lange Pause.

Ich trommele ungeduldig mit meinen Fingern auf der Sofalehne.

«Ich glaube, es gibt ein Problem mit der Ausführung.»

«Aha ... Wie meinst du das?»

«Ich habe das Gefühl, dass dir ... dass dir langsam der ... Sprit ausgeht.»

«Der Sprit?»

«Ja. Beim vorletzten Titel hatte ich schon so eine Ahnung, beim letzten hat sich dieses Gefühl noch mal verstärkt. Ich kann es nicht richtig beschreiben, aber ich habe den Eindruck, deine Texte werden mit der Zeit irgendwie ... *papierener*. Sie wirken ausgedacht. Leidenschaft, Originalität und Esprit werden von Buch zu Buch weniger. Kurz: Meine Faszination nimmt ab. Und das beunruhigt mich. Vor allem, weil sich das ja auch bei den Verkaufszahlen bemerkbar macht.»

«Wie? Das macht sich bei den Verkaufszahlen bemerkbar? Was soll das denn heißen?»

«Wir verkaufen von jedem neuen Buch weniger Exemplare. Das soll es heißen. Nicht dramatisch weniger, zum Glück, aber der Trend ist nicht zu leugnen.»

Ich nicke und bemühe mich, die Fassung zu bewahren. Vor meinem inneren Auge ziehen die kommenden Stationen meines Lebens vorüber: einbrechende Verkaufszahlen, ausbleibende Buchverträge, Privatinsolvenz, Obdachlosigkeit, Mathilda im Heim, Alkoholismus, Wut gegen das System, Ausraster, Sachbeschädigung, Kontaktverbot.

Heiko spricht einfühlsam weiter. «Ich habe lange drüber nachgedacht, woran das liegen könnte. Warum der schleichende kreative Niedergang bei meinem Star-Autor?

Eine befriedigende Antwort habe ich allerdings noch nicht gefunden. Aber ich habe eine Vermutung.» Er blickt mich lange und ernst an.

«Lass die Pausen, Heiko. Die machen mich wahnsinnig. Sprich einfach weiter.»

Heiko streckt die Hände entschuldigend von sich und holt dann Luft, um mir seine Vermutung zu präsentieren. «Also: Ich fürchte, es liegt daran, dass dein Erfahrungsschatz in Sachen Liebe mittlerweile aufgebraucht ist.»

«Aha, fürchtest du?»

«Ja, fürchte ich», erwidert er und unterstreicht diese Aussage bedeutungsschwanger mit mehrmaligem bedächtigen Nicken. «Wie lange warst du mit keiner Frau mehr zusammen?»

«Wieso? Das spielt doch keine Rolle.»

«Vielleicht doch. Sieben, acht Jahre etwa?»

«Ziemlich genau zehn.»

Er nickt wieder, und zwar so, als wäre damit alles klar. «Du musst mal wieder was erleben. Raus in die Welt. Spaß haben!»

Ich schüttle entschieden den Kopf. «Ich habe genug Spaß in meinem Leben. Auf der Herfahrt habe ich zum Beispiel ein Radioessay über Walter Gropius und die Bauhausbewegung gehört.»

«Genau das meine ich», ruft Heiko. «Diese Lustfeindlichkeit kann auf Dauer einfach nicht gesund sein. Und besonders dann nicht, wenn man in so einem Bereich arbeitet, wie du es tust.»

«Mach dir mal um mich keine Sorgen», blocke ich ab.

«Das tue ich aber, und deswegen habe ich mir gedacht,

Heiko, hab ich mir gedacht, da musst du was unternehmen, damit dein bestes Pferd im Stall auch weiterhin dein bestes Pferd bleibt.» Er klatscht einmal in die Hände, geht dann zu seinem Schreibtisch, holt einen Umschlag aus der Schublade, kommt zurück und überreicht mir diesen mit einem Schmunzeln im Gesicht. «Für dich. Um dir den Wiedereinstieg zu erleichtern.»

Mit mulmigem Gefühl im Magen öffne ich den Umschlag, ziehe die darin befindliche Karte heraus und sehe sie mir zuerst neugierig, dann aber mit zunehmendem Entsetzen an. «Ein Puff-Gutschein?! Geht's noch?!»

«Puff-Gutschein! Ich bitte dich. Das ist ein Gutschein für ein Arrangement: ‹Herrenabend› mit zwei Damen deiner Wahl im wirklich sehr geschmackvollen Sauna-Club Melanie», korrigiert mich Heiko.

«Und was ist daran jetzt kein Puff-Gutschein?»

«Nennen wir es ‹Freizeitpark für den erwachsenen Mann›», schlägt Heiko in beruhigendem Ton vor.

«Nenn es, wie du willst, ich gehe da auf gar keinen Fall hin.»

«Komm schon ...»

«Nein!»

«Auch nicht, wenn ich mitkomme?», fragt er und zwinkert mir komplizenhaft zu.

«Dann erst recht nicht», antworte ich barsch. «Für Sex zahlen ist sowieso ein absolutes No-go. Das mache ich nicht.»

«Muss du doch auch gar nicht», interveniert Heiko. «Ich hab's doch schon bezahlt!»

«Ob du oder ich. Egal. Du weißt schon, was ich meine.

Man zahlt einfach nicht für Sex. Entweder verliebt man sich und hat Sex, oder man verliebt sich nicht, dann hat man eben keinen Sex. Und ich bin nicht verliebt und werde mich auch nicht mehr verlieben. Deshalb lasse ich es. In meinem Interesse und in dem der Frauen. Und was meine Bücher betrifft und dass mir angeblich der ‹Sprit› ausgeht: Nichts von dem, was ich die letzten Jahre geschrieben habe, entspringt meinem Erfahrungsschatz. Es ist alles ausgedacht. Erfunden. Erstunken und erlogen. Ich hätte nicht gedacht, das einem Verleger von Liebesromanen jemals sagen zu müssen. Geschichten erfinden ist nämlich genau das, was Autoren tun. Nicht ein einziges Buch hätte ich mit meinen eigenen Erfahrungen füllen können.»

Heiko blickt mich mit leerem Gesichtsausdruck an. Er wirkt jetzt ein wenig eingeschüchtert, weswegen ich meinen Ton abmildere: «Pass auf, ich schreibe nächste Woche ein ausführliches Exposé und die ersten Kapitel, und ich verspreche dir, dass du davon so begeistert sein wirst wie von allen vorangegangenen Büchern zusammen. Und die Verkaufszahlen werden auch wieder nach oben schnellen. Da bin ich mir sicher. Spätestens dann, wenn die nächste Verfilmung kommt. Okay?»

Heiko nickt zögerlich, und ich lächle ihn zufrieden an.

Nachdem ich mich verabschiedet und sein Büro verlassen habe, setze ich mich in meinen Wagen und lasse die Tür ins Schloss fallen. Durch jahrelange Übung habe ich mir eine gewisse professionelle Abgeklärtheit beim Führen solcher Gespräche zugelegt: souverän wirken, Probleme herunterspielen, das Gefühl vermitteln, dass es für alles eine einfache Lösung gibt, die ich zudem auch noch kenne oder zumindest in Kürze finden werde. Aber jetzt, so allein, stelle ich mir doch die Frage, ob Heiko nicht vielleicht recht damit haben könnte, dass meine Bücher immer schlechter werden. Ich verdränge den Gedanken und starte den Wagen.

4

Mein Stammlokal, in das ich fast jeden Tag zum Mittagessen einkehre, heißt Die Zwölf Elfen und gehört meiner besten Freundin Gudrun. Es ist eine Mischung aus französischer Brasserie und deutschem Wirtshaus. Die Räume sind schön hell und groß und immer mit frischen Blumen dekoriert. Möbel im runtergerockten Retro-Style. Serviert wird deutsch-französische Küche.

Irgendwann in den Neunzigern waren Gudrun und ich mal zusammen. Drei Monate lang. Bis zu dem Tag, als sie beschloss, der Schlagzeuger der Punk-Band Die dreihebigen Jamben sei eine bessere Partie als ich. Diesen Entschluss bereute sie zwar wenige Wochen später bitterlich und wollte zurück zu mir, doch ich war inzwischen leider anderweitig vergeben. An Mathildas Mutter Isa. Der Freundschaft mit Gudrun tat das aber keinen Abbruch, und ein Jahr später wurde auch sie fündig und verliebte sich in ihren jetzigen Mann.

«Schlechter Tag?», fragt Gudrun, während ich mich setze und sie mir wie immer ungefragt die Tagessuppe serviert.

«Kann man sagen», erwidere ich und stoße einen Seufzer voller Weltschmerz aus.

Gudrun setzt sich zu mir. «Beruflich oder privat?»

«Beides. Mein Verleger ist unzufrieden mit meinen Büchern, und Mathilda ist plötzlich schlecht in der Schule.»

Gudrun winkt ab und setzt sich neben mich. «Also nichts wirklich Gravierendes.»

«Doch», erwidere ich ein wenig gekränkt. «Mein Verleger ist unzufrieden mit meinen Büchern, und Mathilda ist plötzlich schlecht in der Schule.»

Gudrun blickt mich mitfühlend über den Rand ihrer Brille an, lehnt sich zu mir herüber, schlingt ihre Arme um meinen Körper und drückt mich einmal ganz fest.

«Besser?»

«Bisschen», gebe ich ehrlich zu.

«Dann erzähl mal. Von Mathilda. Das andere ist doch Quatsch.»

«Mathilda hat eine Vier in Bio bekommen!»

«Und?»

«Sie hat eine Vier!», wiederhole ich noch mal. «Sonst stand sie immer zwischen Eins und Zwei.»

«Und?», fragt Gudrun ein weiteres Mal.

«Sie ist um zweieinhalb Notenstufen abgerutscht!»

«Uuuuuuund?»

«Gudrun! Was ist los mit dir?!», platzt mir jetzt der Kragen. «Mein Kind ist dabei, ins Bildungsprekariat abzurutschen, und dein einziger Kommentar dazu ist: Und?»

«Die Frage ist nicht, was los ist mit mir, sondern was los ist mit dir», erwidert sie ruhig. «Es gibt nämlich überhaupt gar keinen Grund, sich wegen einer einzigen schlechten Note so aufzuregen.»

«Finde ich schon», entgegne ich brummend.

«Finde ich nicht. Und ich würde mir wünschen, dass du die kleine Maus mal in Ruhe lässt. Die geht ihren Weg schon ganz allein. Da musst du Helikopter-Papa dich gar nicht einmischen.»

Und da sind wir auch schon bei unserem Dauerstreitthema: der Kindererziehung. Gudrun ist der Meinung, ich wäre überbehütend. Doch das ist natürlich völliger Quatsch. Helikopter-Eltern sind Menschen, die ihrem Nachwuchs sofort ein Globulus in den Mund stopfen, wenn der mal über seine eigenen Füße stolpert, oder in die Notaufnahme fahren, wenn sich das Kind eine Schürfwunde am Ellenbogen zugezogen hat. Das alles tue ich definitiv nicht. Aber ich kann verstehen, dass es aus Gudruns Perspektive so aussieht, als wäre ich überbehütend, denn sie befindet sich definitiv am entgegengesetzten Ende der Skala. Sie ist eine Laisser-faire-Mutti, wie sie im Buche steht. Bei ihr dürfen die Kinder alles, und sie greift so gut wie nie ein. In ihrer Familie herrscht permanenter Ausnahmezustand. Wie soll es auch anders sein bei vier Jungs im Alter zwischen drei und sieben. Gudrun erträgt das archaische Chaos aber mit einer Dalai-Lama-artigen Gelassenheit, die ich schon fast wieder bewundernswert finde. Sie lässt sich selbst dann nicht aus der Ruhe bringen, wenn die Bälger mal wieder mit irgendwelchen Fleischwunden oder ausgeschlagenen Zähnen ankommen, weil sie irgendwo heruntergefallen oder gegengerannt sind oder von etwas eingequetscht wurden.

Ich habe lange darüber nachgedacht, wie man als Mutter so sorglos sein kann, und irgendwann bin ich dahintergekommen: Es liegt an der Anzahl der Kinder. Wenn eines draufgeht, bleiben ihr immerhin noch drei. Ich hingegen habe ja nur die eine Tochter, deshalb muss ich natürlich besser aufpassen. Als ich Gudrun meine Theorie dargelegt habe, hat sie mir allerdings nur den Vogel gezeigt.

«Und was sagt dein Verleger?», setzt Gudrun unser Gespräch unvermittelt fort.

«Mein Verleger sagt, dass meine Bücher schlechter werden, weil ich keine Frau habe», antworte ich niedergeschlagen.

Gudrun zieht eine Augenbraue nach oben.

«Was?», frage ich irritiert.

«Nun ja ...»

«Du findest auch, dass meine Bücher schlechter werden?»

«Nein ... Weiß nicht. Ich habe, ehrlich gesagt, schon lange keines mehr gelesen. Sorry, keine Zeit. Hole ich aber bald nach. Was ich meine, ist: Ich kann mir gut vorstellen, dass das Fehlen einer Partnerin dein Leben mit den Jahren ein wenig aus dem Gleichgewicht gebracht hat und man jetzt langsam die Symptome sieht.»

«Jetzt fällst du mir auch noch in den Rücken.»

«Ganz und gar nicht, mein lieber Sebastian. Aber es ist schon so, dass sich durch deine chronische Ungebumstheit ...»

«Ähm, entschuldige mal?!», unterbreche ich sie, doch Gudrun fährt unbeirrt fort.

«... sich durch deine chronische Ungebumstheit eine gewisse Spannung in deinem Körper festgesetzt hat.»

«Spannung muss ja nicht per se schlecht sein. Im Gegenteil», sage ich mit gedämpfter Stimme, denn einige der anderen Gäste haben sich bereits, süffisant grinsend, zu uns umgedreht.

«Nennen wir es Verkrampftheit.»

«Nenn es, wie du willst, es stimmt einfach nicht.»

Gudrun legt die Hand auf meine Schulter. «Es würde dir sicher guttun, wenn du bald mal wieder jemand Neuen kennenlernen würdest.»

«Ich will niemanden mehr kennenlernen. Ich kenne genügend Leute. Und jetzt würde ich ganz gern in Ruhe essen, falls das in diesem Etablissement hier möglich wäre.»

«Selbstverständlich», erwidert Gudrun und verschwindet in der Küche.

5

Als ich wieder zu Hause bin, setze ich mich sofort an den Schreibtisch, um zu arbeiten. Ich bin fest entschlossen, meinem Verleger zu beweisen, dass ich nach wie vor auf der Höhe meiner Schaffenskraft bin und dass da nix ist mit ‹schleichendem kreativen Niedergang› oder ähnlichem Quark.

Ich klappe meinen Laptop auf, starte das Schreibprogramm und dann ... passiert erst mal nichts. Außer dass mich der Cursor in dem leeren, schneeweißen Dokument mahnend anblinkt.

Das ist mir schon lange nicht mehr passiert. Hat mich Heiko mit seiner Negativität tatsächlich so aus dem Tritt gebracht?

Zum Glück kenne ich einige Techniken, die mir helfen können, wieder in Fluss zu kommen beziehungsweise es gar nicht so weit kommen zu lassen, dass der stete Sprudel an Ideen unterbrochen wird.

Meine Lieblingsmethode ist eine App, über die man sich einen Soundtrack aus diversen Geräuschen zusammenstellen kann, die einen in einen Flow-artigen Zustand versetzen: Lagerfeuerknistern, Regen, Gewitter, Wind, Laubrascheln. Das funktioniert in der Regel recht gut bei mir. Kaum habe ich die Kopfhörer aufgesetzt und meinen Lieblingssoundtrack eingestellt, befinde ich mich normalerweise auch schon in dem leicht tranceartigen Zustand, der es mir ermöglicht, ganz eins mit mir und meinen Gedanken zu werden. Und dann klappern die Tasten, die Buchstaben werden zu Wörtern, die Wörter zu Sätzen, und scheinbar mühelos gelingt es mir innerhalb kürzester Zeit, ein ganzes Kapitel auf den Bildschirm zu zaubern. Wie gesagt: normalerweise. Heute jedoch geht auch mit dieser Methode rein gar nichts.

Ich bin deshalb sehr froh, als Mathilda endlich nach Hause kommt und ich von der Rolle des ideenlosen Autors in die des besorgten, aber wohlwollenden Vaters schlüpfen kann.

«Mathilda, lass uns mal über deine Arbeit sprechen», sage ich, kaum hat sie die Wohnung betreten.

«Eigentlich wollte ich jetzt gleich Hausaufgaben machen», versucht sie das Unvermeidliche noch abzuwenden.

«Kannst du. In zehn Minuten.»

«Können wir nicht morgen darüber sprechen?»

«Nein. Können wir nicht. Also setz dich jetzt bitte.»

Widerwillig nimmt sie mir gegenüber am Küchentisch Platz.

«Also, wie kam es zu der Vier? Deiner Meinung nach?»

Mathilda zuckt mit den Schultern.

«Hast du nicht gelernt?»

«Doch.»

«War die Arbeit zu schwer?»

«Eigentlich nicht.»

«Ist etwas anderes drangekommen als besprochen war?»

Mathilda schüttelt den Kopf.

«Was war dann?»

«Ich weiß es nicht, Papa», sagt sie leise und blickt mich dabei treuherzig an.

«Und was sollte das mit dem Post-it?»

«Hm?» Sie gibt die Unschuld vom Lande. «Post-it? Welches Post-it denn?»

«Das Post-it, das du über die Note geklebt hast», erwidere ich mit zunehmender Ungeduld in der Stimme.

«Ach das ... das war nichts.»

«*Nichts* würde ich das jetzt nicht unbedingt nennen, Mathilda. Das war schon so eine Art Täuschungsversuch, oder nicht?»

«Nein! Ganz sicher nicht, Papa. Was denkst du nur von mir?», kontert sie mit offensichtlich gespielter Empörung.

«Warum hast du es dann auf die Arbeit geklebt? Und zudem ausgerechnet genau auf die Note?»

Sie überlegt kurz. «Damit die Schrift nicht abreibt?»

Ich blicke sie streng an.

Ihre Augen flackern unsicher. «Was?»

«Du merkst es selbst, oder?», sage ich mit hochgezogenen Augenbrauen.

Ein leichtes Lächeln huscht ihr übers Gesicht, das aber sofort wieder verschwindet. Scheinbar ist ihr klar geworden, dass mit mir in dieser Angelegenheit nicht zu spaßen ist. Sie atmet resigniert aus. «Ja, okay, ich habe es da draufgeklebt, damit du die Note nicht siehst. Zufrieden?»

«Zufrieden bin ich nicht, nein. Aber wenigstens bist du ehrlich.»

Sie senkt den Blick. «Es tut mir leid, Papa.» Dann sieht

sie mich wieder an und zieht dabei die Augenbrauen so zusammen, dass sich oberhalb ihrer Nase die Haut kräuselt.

Diesen Hundeblick hat sie bereits früh in ihrer Kindheit perfektioniert, und sie weiß, dass er mich dahinschmelzen lässt. Es funktioniert immer wieder, obwohl ich das weiß, und deshalb wird meine Stimme auch sogleich etwas sanfter. «In Ordnung. Aber es wäre wirklich prima, wenn so etwas in der Art künftig nicht mehr vorkommt. Denn wir zwei haben doch ein Vertrauensverhältnis. Oder nicht?»

«Doch», haucht Mathilda und hält währenddessen den Ach-was-bin-ich-bloß-für-ein-süßes-Hündchen-Blick weiterhin aufrecht.

«Und wenn man ein Vertrauensverhältnis hat, dann hintergeht man einander nicht. Oder?»

«Ja, ich weiß.»

Ich lächle sie milde an, stehe auf, gehe um den Tisch herum und umarme sie. «Ich hab dich trotzdem lieb, Kind.»

6

Und dann geht irgendwann die Sonne unter, und meine Stimmung kippt, denn plötzlich spüre ich das riesige Loch in meinem Herzen wieder, das nie weg war, sondern nur von mir ignoriert wurde.

Tagsüber gelingt es mir durch emsige Geschäftigkeit recht gut, die Tatsache zu verdrängen, dass in meinem Leben etwas fehlt. Nachts hingegen, wenn jegliche Ablenkung verschwunden ist, dann kommt sie zurück, die große Traurigkeit.

Ich liege allein in unserem Ehebett, auf dessen verwaister Seite Bücher, Notizen und mein Laptop nächtigen, und denke an Isa. Meine Isa. Die Liebe-meines-Lebens-Isa. Die Mit-der-ich-immer-zusammenbleiben-wollte-Isa. Die Mit-der-ich-noch-mehr-Kinder-haben-wollte-Isa.

Doch Isa ist nicht mehr da. Seit nunmehr fast zehn Jahren. Und obwohl ich mich an diese Tatsache nach so langer Zeit mittlerweile gewöhnt haben müsste, ist der Schmerz über den Verlust phasenweise so frisch wie ganz am Anfang. Das Einzige, was mir bleibt, ist die Erinnerung an unsere glückliche Zeit.

Dass es mir überhaupt wieder möglich ist, mich zu erinnern, ist das Tröstliche an der ganzen Sache, denn lange

Zeit hat die Dramatik unserer letzten gemeinsamen Tage all das Schöne überlagert, was wir gemeinsam erlebt haben.

Nach mehreren Schwindelanfällen innerhalb kürzester Zeit hatte Isa meinem Drängen endlich nachgegeben und war zum Arzt gegangen. Dr. Mahmoudi hatte von Anfang an eine besorgte Miene gemacht, als Isa die Symptome schilderte. Er machte diverse Untersuchungen. Und schließlich, drei Tage später, an einem sonnigen Junitag, fuhren wir – uns gegenseitig gebetsmühlenartig Mut machend – ins Krankenhaus. Dort wurden wir anders als sonst sofort zu Dr. Mahmoudi durchgelassen – was uns bereits stutzig hätte werden lassen müssen – und bekamen von ihm dann die niederschmetternde Diagnose, dass Isa an einer Krankheit mit einem unaussprechlichen Namen erkrankt sei. Und zwar so schwer, dass diese Erkrankung unweigerlich zu ihrem baldigen Tod führen werde. Eine Besserung oder gar Heilung sei aufgrund des fortgeschrittenen Stadiums der Krankheit ausgeschlossen.

Dr. Mahmoudi hatte mit dem Aufgabengebiet ‹Schlechte Nachrichten überbringen› ganz offensichtlich wenig Erfahrung, denn ihm liefen ununterbrochen die Tränen übers Gesicht, mehrfach stockte er, weil ihm die Stimme versagte, woraufhin er sich immer und immer wieder entschuldigte.

Isa und ich blickten ihn voller Mitleid an, ohne zu realisieren, wie absurd das war. Aber er tat uns so leid. Isa reichte ihm sogar ein Taschentuch, was ihm den Rest gab, sodass er vollends die Fassung verlor. Dr. Mahmoudi löste sich quasi in seine Bestandteile auf und floss förmlich aus dem Sprechzimmer.

Wir verließen das Krankenhaus. Es war alles gesagt, wir

hatten alles gehört, alles verstanden, aber nichts von dem ergab auch nur irgendeinen Sinn.

Draußen war es immer noch Sommer, was ich als tiefe Beleidigung empfand. Wir machten einen langen Spaziergang am Tegeler Fließ entlang, sprachen dabei aber so gut wie gar nicht, außer dass wir uns gegenseitig versicherten, Mathilda nichts von Isas Erkrankung zu erzählen, und uns auch sonst die Verzweiflung nicht anmerken lassen wollten.

Danach mieteten wir ein Boot und ruderten auf den Tegeler See hinaus, ließen uns treiben, zeitlich und gedanklich, und erlebten einen letzten unbeschwerten und glücklichen Tag.

Ab dann ging alles so unfassbar schnell. Ich war längst noch nicht bereit, die Diagnose zu akzeptieren, und hoffte auf eine spontane Heilung – trotz Dr. Mahmoudis kategorischem Ausschluss einer solchen – oder zumindest auf mehr Zeit. Doch auch kein anderer Arzt konnte uns helfen, stattdessen schlug die Krankheit mit ihrer ganzen Unbarmherzigkeit zu.

Isa ging es von Tag zu Tag schlechter. Sie baute körperlich rapide ab. Erst schränkte sich ihre Sehfähigkeit massiv ein, dann verlor sie zunehmend den Gleichgewichtssinn und konnte sich ohne fremde Hilfe kaum mehr allein in unserer Wohnung bewegen. Zudem verlor sie innerhalb weniger Tage fast zehn Kilo.

Und dann – nur dreizehn Tage nach Dr. Mahmoudis Diagnose – starb sie in meinen Armen.

Während dieser schrecklichen zwei Wochen kümmerte sich Gudrun um Mathilda und hielt sie so gut es ging von allem fern. So bekam unsere Kleine kaum etwas von Isas letzten Tagen mit und konnte sie als die fröhliche und agile Person in Erinnerung behalten, die sie davor gewesen war. Doch irgendwann war es an der Zeit, Mathilda nach Hause zu holen und ihr zu erklären, was passiert war.

Es war das schlimmste Gespräch meines Lebens. Was ich genau gesagt habe, weiß ich heute nicht mehr. Nicht mal, wie ich begann. Mit «Mathilda, deine Mama ist jetzt im Himmel» vielleicht oder mit «Mathilda, jetzt sind wir nur noch zu zweit». Ich weiß es nicht mehr. An was ich mich hingegen noch genau erinnern kann, sind Mathildas große Kulleraugen, die mich erst ungläubig, dann spitzbübisch anstarrten. Mathilda dachte zuerst, es sei ein Spiel, und suchte Isa überall in der Wohnung, sogar im Keller und auf dem Dachboden wollte sie unbedingt nachsehen, weil sie sich nicht von der Idee abbringen ließ, dass Mama sich nur versteckte.

Doch irgendwann verstand sie, dass das, von dem ich sprach, unsere neue Realität war.

Viel Zeit zum Nachdenken oder zu trauern hatte ich auch danach nicht. Ein vierjähriges Kind, das seine Mutter verloren hat, ist eine zeitintensive und kräfteraubende Aufgabe. Es muss in den Arm genommen werden, die Tränen müssen getrocknet werden, und es benötigt Antworten auf seine drängenden Fragen: Wo ist Mama jetzt? Warum kommt sie nicht wieder? Kommt sie wegen mir nicht wieder? Geht es ihr gut da, wo sie jetzt ist? Können wir irgendwann zu ihr? Und wenn ja, wann?

Während ich diese Fragen beantwortete, musste ich

mich sehr zusammenreißen, um nicht selbst jedes Mal unter Tränen zusammenzubrechen. Es ist nämlich eine große Lüge, dass geteiltes Leid halbes Leid ist. Das Gegenteil ist der Fall. Wenn du deinen eigenen Schmerz in den Augen eines Kindes widergespiegelt siehst, wird er nicht kleiner. Im Gegenteil, er potenziert sich ins Unermessliche.

Aber es wurde besser. Mit jedem Tag ein kleines bisschen. Erst war es nur ein einziger Tag in der Woche, an dem wir, statt uns weinend in den Armen zu liegen, voll und ganz in dem aufgingen, was wir gerade taten. Malen. Memory spielen. Fahrrad fahren. Puppen wickeln. Später waren es dann mehrere Tage am Stück. Und irgendwann waren wir so weit, dass wir über Isa reden konnten, ohne sofort in Tränen auszubrechen, sondern uns einfach nur an ein Erlebnis mit ihr erinnerten, uns daran erfreuten und dankbar waren für die gemeinsame Zeit mit Mama Isa und dass sie uns so viel gegeben hatte.

Dennoch vergeht nach wie vor keine einzige Nacht, in der ich nicht mindestens einmal einen Stich im Herzen verspüre, wenn ich daran denke, wie großartig es wäre, wenn wir noch zu dritt wären.

7

«Pa-pa!»

«Ma-thil-da!»

«Lass mich!»

«Nein.»

«Ich will noch schlafen!»

«Ich weiß.»

Das gleiche Spiel wie jeden Morgen. Einziger Unterschied: Heute versucht sie nicht, mich mit unlauteren Mitteln zur Unterschrift einer versemmelten Arbeit zu bewegen.

Kaum hat Mathilda die Wohnung in Richtung Schule verlassen, setze ich mich wieder an meinen Schreibtisch. Heute muss es besser klappen. Doch bereits der erste Blick auf den Bildschirm ruft bei mir so viel Widerstand hervor, dass ich sofort wieder aufspringe und im Zimmer herumtigere. Nach einigen Minuten mache ich einen weiteren Versuch. Und das Spielchen beginnt von vorn.

Als ich vier Stunden später immer noch kein einziges Wort zu Papier, oder besser auf Flüssigkristall, gebracht habe, entschließe ich mich zu einem strammen Spaziergang durch meinen Kiez, um nicht gänzlich wahnsinnig zu werden.

Ich schätze die Anonymität der Großstadt sehr. So kann ich eintauchen in die Masse, über meine Geschichten nachdenken und mich frei fühlen. Was mir allerdings nicht so gut gefällt, ist, dass man ständig von irgendjemandem angequatscht wird. Diejenigen, die zwanzig Cent oder einen Euro für irgendwas haben wollen, sind ja noch völlig okay. Denen gebe ich auch meistens etwas, und dann ist die Sache erledigt. Nicht okay sind die übermotivierten Berufsjugendlichen in bunten T-Shirts, die für irgendwelche Tier-, Umwelt- oder Kinderschutzorganisationen arbeiten. Erst springen sie einem aus dem Nichts vor die Nase und erschrecken einen zu Tode, und dann wenden sie einen perfiden psychologischen Trick an, gegen den man sich fast nicht zur Wehr setzen kann: Sie reichen einem zur Begrüßung die Hand. Fast jeder, der eine gute Kinderstube genossen hat, greift reflexhaft zu. Und dann ist es passiert, man sitzt in der Falle und wird in ein endloses Gespräch verwickelt, aus dem es kein Entkommen gibt. Außer man setzt seine Unterschrift unter irgendeine Petition und willigt zudem ein, bis zum Ende seiner Tage mit Infobroschüren beliefert zu werden.

So geht es zumindest dem ungeübten Großstädter, den Neuzugezogenen und den Touristen. Ich hingegen bin inzwischen wachsam. Sobald ich so ein buntes T-Shirt in der Ferne erblicke, ändere ich meine Route und mache einen großen Bogen um die Gefahrenstellen. Wenn ich einmal nicht aufmerksam genug bin und doch angesprochen werde, lege ich meine guten Manieren sofort ab, blicke starr geradeaus, verziehe keine Miene und setze alles daran, nicht vom Kurs abzukommen. Und das ist auch bitter nötig, denn die Eröffnungsfragen sind immer höchst manipulativ, und jemand mit einem einigermaßen vorhandenen moralischen Bewusstsein kann darauf unmöglich mit «nein» antworten. Ich mache es trotzdem.

«Sind Sie gegen Robbensterben?» – «Nein!»

«Sind Sie auch dafür, dass Kinderkliniken mit mehr Geld ausgestattet werden sollen?» – «Nein!»

«Macht es Sie auch wütend, wenn Milliarden für Waffen ausgegeben werden und so gut wie nichts für Hebammen?» – «Nein!»

Auch heute gehe ich in großem Bogen an einem dieser Stände vorbei. Strammer Schritt. Blick starr auf den Boden vor mir gerichtet.

Doch plötzlich höre ich eine Stimme: «Sebastian! Huhu! Sebastian!»

Ich blicke auf und sehe eine große, kräftige Frau, die sich aus der Gruppe der Unterschriftensammler gelöst hat und winkend auf mich zurennt. Sie trägt ein buntes T-Shirt und ein dazu passendes Basecap, beides offenbar extra für diese Aktion angefertigt. Dazu eine große Brille, die ihr nicht steht, weil diese Art von Brillen niemandem steht. Ich habe keine Ahnung, wer das ist.

«Na, erkennst du mich noch?», fragt sie dann erwartungsgemäß, als sie breitbeinig und breit grinsend vor mir steht. «Das Outfit musst du dir wegdenken.»

«Okay», erwidere ich zögernd und mache den Versuch, sie mir nackt vorzustellen.

«Natürlich nicht ganz weg. Haha», kommt sie mir zu Hilfe. «Ein anderes Outfit anstatt diesem, meine ich natürlich. Haha. Gut, ein kleines bisschen dicker bin ich schon geworden. Na, klingelt's?»

Ich überlege, komme aber beim besten Willen nicht dahinter, setze deshalb meinen unschuldigsten Gesichtsausdruck auf und schüttle leicht den Kopf.

Sie wirkt aber gar nicht enttäuscht, sondern versprüht weiterhin ihre dumpfe Energie. «Mensch, aus der Kita, weißte nicht mehr?»

So langsam dämmert mir, wer das sein könnte.

«Deine Mathilda und mein Emil-Ocean waren doch unzertrennlich damals.»

Ach du Scheiße, jetzt kehrt die Erinnerung mit geballter Wucht zurück. Vor mir steht die vermutlich engagierteste Mutter Berlins, Sonja Friesenegger, die einen zu Mathildas Kitazeit auch gern mal um vier Uhr morgens rausgeklingelt hat, weil sie dringend weitere Muffinförmchen benötigte. Allen Eltern war damals klar: Von der musste man sich fernhalten. Das Nerv-Potenzial war einfach zu groß.

«Ja, natürlich erinnere ich mich an dich. Sonja, stimmt's?», trällere ich, gute Laune vorgaukelnd. «Mensch, lange nicht gesehen. Wie geht's dir denn?»

«Mir geht's super», erwidert Sonja strahlend. «Und Emil-Ocean geht's auch super. Er hat gerade sein Abitur gemacht. Mit 1,0!»

«Wie Abitur?», frage ich irritiert. Meine gute Laune ist wie weggepustet. «Der ist doch auch erst vierzehn?»

«Ja, aber er ist hochbegabt. Deshalb ging's schneller», sagt sie und lächelt mich voller Genugtuung an.

«Toll», erwidere ich ernsthaft erstaunt. «Echt toll, dass

er sich so gut entwickelt hat. War ja damals nicht wirklich zu erwarten.»

Sie runzelt die Stirn und starrt mich streng an. «Wie meinst du das?»

«Na ja, also, ich meine … na, er war ja damals … aber das ist jetzt auch schon zehn Jahre her, da kann viel passieren. Also damals war er ja nicht unbedingt der Pfiffigste, oder? Als er seinen Kopf durch die Streben des Brückengeländers gesteckt hat und dann nicht mehr rauskam und die Feuerwehr …» Ich breche ab, als ich Sonjas versteinerten Gesichtsausdruck sehe. «Aber ist jetzt auch egal, ist lange her …»

«Das denke ich aber auch. Jetzt ist er in jedem Fall einer der Pfiffigsten.» Sie blickt mich wieder voller Genugtuung an. «Und, wie macht sich Mathilda so?»

«Auch super, ich kann nicht klagen», gebe ich zur Antwort. Mathildas jüngste Performance verschweige ich an dieser Stelle lieber mal.

Sonja nickt und wirkt dabei leicht abwesend. Es ist klar, dass sie zu ihrem eigentlichen Thema zurückwill. Was sie dann auch ohne lästige Umschweife tut. «Zum Glück haben wir Emil-Oceans Hochbegabung rechtzeitig erkannt. Es gibt so viele Kinder, bei denen das nie entdeckt wird. Eine wirklich schlimme Situation ist das. Unausgeschöpftes Potenzial und nicht genutztes Talent sind ja so ziemlich das Schlimmste, was es gibt, nicht? Und um das zu ändern, engagiere ich mich auch in unserem Verein hier.» Sie strafft ihr T-Shirt, damit ich den Aufdruck besser lesen kann: «Mehr Elite wagen! – Hochbegabung früh erkennen und fördern.»

«Komm, ich gebe dir ’ne Broschüre mit.» Sie legt ihre Hand auf meinen Rücken und leitet mich in Richtung des Infostandes. «Darin stehen einige Infos zu den Anzeichen, die bei Kindern auf eine unentdeckte Hochbegabung hindeuten könnten. Vielleicht ist Mathilda ja auch betroffen. Und wenn nicht, möchtest du vielleicht was spenden. Auf unserer Mailinglist kannst du dich auch gleich eintragen. Dann bekommst du immer die aktuellen Infos.»

«Nichts lieber als das», antworte ich resigniert.

Zu Hause verschwindet die Broschüre in der untersten Schublade meines Schreibtisches, zu abwegig finde ich den Gedanken, dass Mathilda hochbegabt sein könnte. Stattdessen starte ich eine kleine Internetrecherche, um mir einen Überblick der möglichen Nachhilfeangebote in unserer näheren Umgebung zu verschaffen. Neben den Inseraten von Studenten, die sich etwas dazuverdienen wollen, erscheinen in den Suchergebnissen aber auch immer wieder Artikel zu den Themen «Hochsensibilität» und «Hochbegabung». Warum dem so ist, kann ich beim besten Willen nicht nachvollziehen, denn ich suche ja nach «schulischen Problemen» und nicht nach «schulischen Höchstleistungen». Doch irgendwann ist meine Neugier – und auch mein Unwille, mich wieder mit meinem eigenen Text zu befassen – stärker, sodass ich schließlich auch die übersprungenen Beiträge lese. Und was ich dort erfahre, erstaunt mich dann doch einigermaßen und lässt so manches Ereignis der vergangenen Jahre in einem anderen Licht erscheinen. Schließlich hole ich Sonjas Broschüre wieder aus den Tiefen meines Schreibtischs hervor, rufe die Internetseite des Vereins Mehr Elite wagen! auf und lese mich dort ein.

Als Mathilda von der Schule zurückkommt, warte ich bereits am Küchentisch auf sie und lächle sie voller Genugtuung an.

Sie wirft ihren Schulsack in die Ecke, nimmt sich einen Apfel und setzt sich zu mir. «Warum grinst du denn so? Hab ich was im Gesicht?»

«Nein, hast du nicht. Ich freue mich einfach, dich zu sehen.»

«Aha.»

«Wie war es in der Schule?»

«Geht. Und bei dir? Hast du was geschrieben?»

«Nicht so wirklich», sage ich schnell. Mit diesem Thema möchte ich mich jetzt wirklich nicht auseinandersetzen. «Ich habe heute eher ein bisschen recherchiert.»

«So? Was denn?»

«Sag ich dir gleich. Erst hätte ich aber mal ein paar Fragen an dich.»

«An mich?»

«Ja.»

«Was denn?»

«Nichts Schlimmes.»

«Okay», erwidert sie mit leichter Beunruhigung in der Stimme. «Dann frag mal.»

Ich blicke auf meinen Notizzettel. «Also, pass auf. Es geht los: Weißt du die Antwort auf eine Frage des Lehrers oft schon, bevor er sie überhaupt zu Ende gestellt hat?»

«Frage von welchem Lehrer?»

«Egal. So allgemein.»

«Äh, ja, kommt schon vor. Warum?»

«Langweilst du dich oft im Unterricht?»

«Ja, doch.»

«Fühlst du dich gegenüber Gleichaltrigen weit entwickelt?»

«Im Vergleich zu fast allen Jungs in meiner Klasse auf jeden Fall!»

Ich nicke langsam. «Ja, das hatte ich mir gedacht.»

Mathilda wird immer unruhiger. «Was? Was hast du dir gedacht?»

Ich atme tief durch und lege meine Hand auf ihre Schulter. «Mathilda!»

«Ja?»

«Es könnte sein, dass du hochbegabt bist.»

Sie blickt mich ungläubig mit gerunzelter Stirn an. «Wie ... wie kommst du denn jetzt da drauf?»

«Die Anzeichen sind nicht zu übersehen. Ich wusste bisher nur nicht, wonach ich suchen sollte. Auch war ich mir nicht bewusst darüber, dass eine schlechte Note ein Zeichen für Hochbegabung sein kann. Heute Nachmittag habe ich mich in das Thema aber mal gründlich eingelesen, und jetzt weiß ich Bescheid: Du bist ohne Zweifel hochbegabt!»

«Und was sollen das für Anzeichen sein?», fragt sie mit immer noch skeptischem Unterton in der Stimme.

«Dass du schon lange vor deinem ersten Geburtstag laufen konntest, dass du mit zwei schon viel gesprochen hast, dass du lieber mit älteren Kindern gespielt hast als mit gleichaltrigen, dass du viel gelesen hast, dass du hohe Maßstäbe an dich selbst gesetzt hast – und immer noch tust – und Wutausbrüche bekommst, wenn etwas nicht sofort klappt, wie du es dir vorstellst ...»

«Na ja ...»

«Doch, doch. Und das alles im Gesamtpaket deutet auf eine unentdeckte Hochbegabung hin. Ganz sicher. Ich werde morgen gleich mal mit deiner Klassenlehrerin darüber sprechen.»

«Also, ich weiß ja nicht. Vielleicht habe ich ja gar keine Hochbegabung, sondern hatte einfach nur einen schlechten Tag.»

«Mathilda, Liebes», sage ich sanft. «Ich verstehe schon, dass dir das alles etwas Angst macht, gerade weil es so überraschend kommt und du nicht weißt, wie es jetzt weiter geht. Aber ich verspreche dir, dass sich von nun an dein Leben radikal verbessern wird.»

Ich nehme sie in den Arm und drücke sie ganz fest.

«Wirklich? Das wäre ... schön», erwidert sie unsicher und klopft mir dabei ungelenk auf den Rücken.

«Ja, das wäre schön», sage ich leise und klopfe zurück.

8

Am nächsten Morgen fahre ich mit Mathilda zur Schule, liefere sie vor ihrem Klassenzimmer ab und mache mich anschließend auf den Weg zu Frau Hackenbecks Büro.

Simone Hackenbeck ist nicht nur Mathildas Klassenlehrerin, sondern auch die Rektorin der Schule. Ihr heimlicher Spitzname lautet Frau Hackentrick, da sie im letzten traditionellen Freundschaftsspiel Schüler gegen Lehrer Fabian Lauenstein, den Star der Schülermannschaft, erst getunnelt und dann mit brasilianischer Leichtigkeit so schwindelig gespielt hat, dass er über seine eigenen Füße gestolpert ist, was Frau Hackenbeck wiederum ermöglichte, an ihm vorbeizuziehen und den Ball ungestört über die Flanke mit Effet in den gegnerischen Strafraum zu zwirbeln, wo er den recht verdutzten und sehr beleibten Mathematiklehrer Lohbart so hart im Gesicht traf, dass dieser noch Tage später wegen der Schwellung kaum aus den Augen sehen konnte. Aber der Ball prallte von dort in einem so idealen Winkel ab, dass er unhaltbar in die obere rechte Ecke des Schülertors flog, was letztlich zum spielentscheidenden 1:0 führte. Seitdem ist Frau Hackenbeck Frau Hackentrick, und ihr Name wird unter den Ballsportkennern der Albert-Einstein-Oberschule nicht einfach ausgesprochen – er wird geraunt.

Als nach abermaligem Klopfen immer noch keine Antwort aus Frau Hackenbecks Büro kommt, trete ich einfach ein und bin nicht überrascht, die Rektorin in Fußballkleidung beim Üben von Kunstschüssen auf eine Torwand vorzufinden.

«Ich hoffe, ich störe Sie nicht bei Ihrer morgendlichen Trainingseinheit», sage ich durch den Türspalt. «Aber ich habe da ein Anliegen, das ich sehr gern mit Ihnen besprechen möchte. Hätten Sie vielleicht jetzt ein paar Minuten für mich?»

«Selbstverständlich, Herr Schulz. Setzen Sie sich. Für die Anliegen besorgter Eltern habe ich immer ein offenes Ohr.»

«Wie kommen Sie denn darauf, ich wäre besorgt?», frage ich schmunzelnd.

«Ihr Gesichtsausdruck sagt mir das, Herr Schulz. Als Lehrerin habe ich im Laufe der Jahre gelernt, in Gesichtern zu lesen wie in Gebrauchsanweisungen für Spülmaschinen. Ich weiß, wie es in Ihnen aussieht, Herr Schulz», sagt sie beschwörend und fixiert mich mit einem hypnotischen Blick.

Ich benötige einen Moment, um mich aus diesem Bann zu lösen. «Gut, wie auch immer, Frau Hackentrick ... Frau Hackenbeck. Ich bin hier, um mit Ihnen über die Vier zu sprechen, die meine Tochter Mathilda in der letzten Biologie-Arbeit bekommen hat.»

Frau Hackenbeck holt ein belegtes Brötchen aus einer Bäckereitüte und beißt davon ab. Während sie kaut, macht sie eine saloppe Handbewegung, die ich als Aufforderung zum Weitersprechen verstehe.

«Ich bin der Ansicht, dass diese schlechte Zensur – in

Verbindung mit einigen anderen Indizien, sehr deutlichen Indizien – auf eine bisher nicht erkannte Hochbegabung bei Mathilda hinweist.»

Frau Hackenbeck verschluckt sich an ihrem Brötchen und beginnt heftig zu husten. «Hochbegabung? Sehr gut.»

Ich blicke die Rektorin irritiert an.

Als sie schließlich zur Ruhe kommt und wieder einigermaßen durchatmen kann, scheint ihr klar zu werden, dass ich keinesfalls beabsichtigt hatte, einen Scherz zu machen. «Herr Schulz», fährt sie in seriöserem Ton fort. «So eine Hochbegabung fällt ja jetzt auch nicht von heute auf morgen vom Himmel. Deswegen erstaunt es mich dann doch etwas, dass Sie diese nun plötzlich vermuten. Denn ich für meinen Teil habe bei Mathilda keinerlei Anzeichen bemerkt, die in diese Richtung deuten könnten. Im Gegenteil.»

«So erging es mir auch», pflichte ich ihr bei. «Aber ich habe mich ein wenig in das Thema eingelesen und erfahren, dass eine schlechte Note durchaus ein Indiz für Hochbegabung sein kann.»

Frau Hackenbeck macht eine abwiegelnde Handbewegung. «Auch eine sonst gute Schülerin hat mal einen Ausrutscher. Außerdem verwundert mich die Note nicht im Geringsten, so unkonzentriert, wie Mathilda in den letzten Wochen war.»

«Sehen Sie. Sie ist unkonzentriert im Unterricht. Das heißt, sie langweilt sich, das heißt, der Stoff ist ihr zu leicht, das heißt, sie ist mit großer Sicherheit hochbegabt.»

«Mathildas Unkonzentriertheit kann auch ganz andere Ursachen haben. Vielleicht schläft sie zu wenig. Vielleicht gibt es in Ihrer Familie Probleme. Vielleicht nimmt sie Drogen.»

«Jetzt halten Sie aber mal die Luft an», rufe ich empört. «Wir haben weder familiäre Probleme, noch nimmt sie Drogen. Sie ist gerade mal vierzehn!»

«Ich hab schon wesentlich jüngere Kinder mit einem Joint in der Hand erwischt», erklärt Frau Hackenbeck ruhig.

«Mathilda ist noch nie mit Drogen in Berührung gekommen. Da bin ich mir zu hundertfünfzig Prozent sicher.»

«Gut. Wie Sie meinen. Ich will Ihre elterliche Expertise da auch gar nicht in Frage stellen. Mathildas Unkonzentriertheit kann auch schlicht und einfach an der Pubertät liegen.»

«Oder eben an der unentdeckten Hochbegabung», bleibe ich hartnäckig.

«Oder an der», lenkt Frau Hackenbeck mit einem leicht resignierten Unterton in der Stimme ein. «Ich werde die Sache im Auge behalten, und wir bleiben in Kontakt.» Sie steht auf und reicht mir zum Abschied die Hand.

Doch ich bleibe einfach sitzen. Mir geht das entschieden zu schnell. Ohne konkretes Ergebnis lasse ich mich nicht abwimmeln.

«Wie stellen Sie sich denn das weitere Vorgehen vor?», frage ich ruhig.

«Na, wie gesagt: Ich werde Mathilda im Auge behalten und sehen, wie sie sich entwickelt. Und wir sprechen uns einfach nach der Paris-Reise wieder, hm?»

Mit ‹Paris-Reise› meint Frau Hackenbeck die einwöchige Klassenfahrt, die Ende des Monats ansteht, und wegen der ich ohnehin schon ganz nervös bin, da es das erste Mal ist, dass mein Kind ohne mich verreisen wird.

«Ich halte das nicht für ausreichend», antworte ich mit fester Stimme. «Die Klassenfahrt ist ja erst in drei Wochen, und ich denke, wir sollten die Zeit bis dahin nicht tatenlos verstreichen lassen.»

«Das hatte ich befürchtet», nuschelt Frau Hackenbeck und setzt sich wieder. «Was schlagen Sie vor, Herr Schulz?»

«Ich schlage vor, dass Sie als ersten Schritt mit Mathilda einen IQ-Test machen.»

«In Ordnung. Das können wir gern machen. Am besten gleich diesen Freitag. Dann haben wir es hinter uns. Das ist ja sicher auch in Ihrem Interesse. Um 16 Uhr hat unsere Schulpsychologin noch einen Termin frei. Würde das passen, oder wollen Sie Mathilda erst noch dazu befragen?»

«Nein, nein. Das passt.»

«Gut. Und Sie denken unabhängig davon mal darüber nach, ob die Unkonzentriertheit Ihrer Tochter nicht auch andere Ursachen haben könnte.»

Ich nicke ihr lächelnd zu und sage: «Na klar.» Werde es aber ganz sicher nicht tun.

9

«Mathilda ist wahrscheinlich hochbegabt», gebe ich in betont nebensächlichem Tonfall von mir, während ich die Tagessuppe – eine schöne Champignoncremesuppe mit frischer Petersilie – löffle. Innerlich platze ich aber fast vor Stolz und erwarte Gudruns begeisterte Reaktion.

«Quatsch. Mathilda ist ganz sicher nicht hochbegabt», ist ihre stoisch-unaufgeregte Antwort.

«Doch. Ist sie», sage ich und versuche dabei, so gut es geht, mir die Enttäuschung nicht anmerken zu lassen.

Vergeblich offenbar, denn Gudrun blickt mich Mitleid vortäuschend an. «Och Mensch, gehörst du jetzt etwa auch zu den Eltern, die denken, ihre Brut besteht aus kleinen Einsteins oder Frida Kahlos, nur weil sie 'nen Stift gerade halten können?»

«Du bist so negativ, Gudrun, was ist los mit dir?»

«Mit mir gar nichts, aber offenbar mit dir. Mathilda ist ein smartes Mädchen, keine Frage, aber von Hochbegabung ist sie so weit entfernt wie du von Polygamie.»

«Witzig, Gudrun», erwidere ich mit ernstem Gesichtsausdruck. «Richtig witzig.»

Sie versucht, nicht zu grinsen, und legt mir dabei beruhigend eine Hand auf die Schulter. «Tut mir leid.»

«Ist mir aber auch egal, was du davon hältst», sage ich ruhig. «Sie macht jetzt einen IQ-Test, und dann werden wir schon sehen, wer recht hat.»

«Ja, das werden wir.» Gudrun lächelt gütig. «Bin sehr gespannt, was rauskommt.»

«Und ich erst.»

«Und wenn sie tatsächlich hochbegabt sein sollte, von wem hat sie ihr Genie dann geerbt? Deiner Meinung nach?»

«Von Isa natürlich», antworte ich schnell und schnörkellos und meine es tatsächlich so, wie ich es sage. «Ich habe ja allenfalls eine Teilbegabung im Schreiben von amüsanten Liebesgeschichten. Na ja, zumindest hatte ich die bis vor kurzem noch. Jetzt ist auch die weg, und ich bin begabungsfrei.»

«Oje!» Gudrun sieht mich wieder mit ihrer provozierenden, weil gespielten Mitleidsmiene an. «Aber du hast recht. Du bist tatsächlich in vielen Lebensbereichen ganz und gar nicht zu gebrauchen. Schön, dass du dich selbst so realistisch einschätzt.» Dann folgt ein Lachen, das für meinen Geschmack angesichts meiner Offenheit ein wenig zu ausgelassen gerät. Wenige Sekunden später wird sie aber wieder ernst. «Wenn es um Isa geht, versagt dein messerscharfer Verstand aber leider seit jeher.»

«Was soll das denn jetzt?», erwidere ich pikiert.

«Ich meine ja nur ...»

«Was meinst du nur?»

«Na ja, ich meine, dass du Isa schon immer deutlich positiver gesehen hast, als sie in der Realität gewesen ist. Und seit sie tot ist, hat sich das noch mal deutlich gesteigert.»

«Quatsch.»

«Doch, ist so. Auch wenn du es nicht wahrhaben möchtest.»

«Warum willst du sie mir schlechtreden? Diese Tendenz habe ich schon in der Vergangenheit des Öfteren bei dir beobachtet.»

«Ich will sie dir überhaupt nicht schlechtreden, im Gegenteil. Isa war eine tolle Frau. Punkt. Aber dein Bild von ihr hat mit der Wirklichkeit fast gar nichts mehr gemein.»

«Das ist jetzt aber schon sehr theoretisch, Gudrun. Sag doch mal ein Beispiel.»

«Nein, ich sag jetzt kein Beispiel. Weil du dann eh sagst, es wäre nur eine Ausnahme gewesen. Was ich sagen will, ist: Indem du Isa so glorifizierst, verbaust du dir den Weg zu einer neuen Liebe.»

Ich blicke sie lächelnd an. «Das mag sein, liebe Gudrun. Das mag sein. Zum Glück suche ich ja keine neue Liebe.»

«Für Mathilda wäre es sicherlich auch ganz schön, wieder eine weibliche Bezugsperson zu haben.»

«Sie hat ja dich.»

«Eine weitere schadet aber mit Sicherheit auch nicht. Eine, die mit euch in einem Haushalt wohnt. Mit der sie sich täglich austauschen kann, weil sie sich zwangsläufig sehen.»

«Ja, wäre bestimmt gut für Mathilda. Aber es ist nun mal so, dass ich einfach kein Bedürfnis nach einer neuen Frau habe. Die kann ich jetzt Mathilda zuliebe auch nicht einfach so entwickeln.»

Gudrun atmet resigniert aus, ein sicheres Zeichen ihrer baldigen Kapitulation.

«Ich hatte die Liebe meines Lebens schon, und alles, was

danach kommt, kann zwangsläufig nur schlechter werden als das, was schon mal da war.»

«Hast du nicht manchmal das Bedürfnis nach Nähe?», fragt sie einfühlsam.

«Eigentlich nicht. Ich fühle mich ganz wohl.»

«Ich kann das nicht glauben. Und wenn ich es glauben würde, könnte ich es nicht verstehen.»

«Musst du auch nicht», erwidere ich. «Es ist alles gut, wie es ist.»

Ich löffle weiter meine Suppe und lasse die Unterhaltung ausklingen. Gudrun blickt mich noch einige Sekunden lang an und verschwindet dann mit nachdenklichem Gesicht in der Küche.

Im Anschluss mache ich einen Spaziergang zum Dorotheenstädtischen Friedhof, wo sich neben den Gräbern von Berühmtheiten wie Bertold Brecht und Christa Wolf unter anderem auch das meiner Frau Isa befindet.

Ich gieße die Blumen, entferne einige verwelkte Blüten und Blätter und erneuere die Grabkerzen. Dann setze ich mich auf eine in der Nähe stehende Bank, schließe die Augen und lausche dem Rascheln der Blätter im Wind. So friedlich hier.

Als ich die Augen wieder öffne, sehe ich in der Ferne einen älteren Mann am Grab seiner Frau stehen. Ich kenne ihn. Wir sind uns schon oft auf einem der Kieswege begegnet und haben uns dann kurz zum Gruß zugenickt, wie zwei alte Bekannte, die sich auch ohne viele Worte verstehen. Er mag so Mitte 70 sein, geht zwar ein wenig gebeugt, aber ansonsten wirkt er noch sehr wach und fit auf mich. Vor allem strahlt er immer so gut gelaunt. Er ist mein heimlicher Held und mein Vorbild, weil er mir zeigt, dass man seiner Frau auch über den Tod hinaus treu bleiben kann, ohne zu verbittern. Genau! Nimm das, Gudrun!

10

Als Mathilda von der Schule nach Hause kommt, packen wir unsere Badesachen und machen uns – wie jeden Mittwoch – auf den Weg zu Bernies Gewölbesauna, um bei zwei, drei Saunagängen zu entspannen und uns für den strammen Berliner Winter abzuhärten.

Gefühlt ist Bernie der einzige Gewerbetreibende in Berlin, der der deutschen Grammatik mächtig ist und die Apostrophen-Fettnäpfchen ‹Bernie's Gewölbesauna› und ‹Bernies' Gewölbesauna› oder gar ‹Bern'ies Gewölbesauna› sicher umschifft und gänzlich auf dieses inflationär falsch verwendete Satzzeichen verzichtet hat. Einer der vielen Gründe, warum ich mich bei ihm rundherum wohlfühle.

Mathilda findet es zwar mittlerweile peinlich, mit mir zusammen dorthin zu gehen, aber ich lasse in diesem Punkt keine Diskussion zu. Sauna ist gesund, und allein will ich sie dann auch nicht gehen lassen.

«Ich habe übrigens mit Frau Hackenbeck vereinbart, dass du einen IQ-Test machen wirst», sage ich zu ihr, als wir schwitzend auf der oberen Saunabank nebeneinandersitzen.

«Okay. Und was muss ich da machen?»

«Das sind, glaube ich, so Multiple-Choice-Aufgaben, die

man lösen muss. Logisches Denken, räumliches Vorstellungsvermögen und so weiter.»

«Aber ich muss nichts lernen vorher?»

«Nein, lernen musst du nichts.»

«Das ist ja schon mal was.»

«Vielleicht besorge ich uns ein paar Beispielbögen, damit du zumindest schon mal einen vorher gesehen hast und weißt, um was es geht. Den Rest besprechen wir dann zu Hause.» Ich beende das Gespräch, denn ich möchte nicht, dass das hühnerbrüstige Jüngelchen in der anderen Ecke der Sauna, das mich schon die ganze Zeit so auffällig anstarrt, uns weiterhin belauscht.

«Komm, wir gehen raus», fordere ich Mathilda auf, während ich die Bänke nach unten klettere.

«Ich bleib noch ein bisschen.»

«Aber nicht zu lange, sonst verdunstet das Wasser in deinem Kopf, und dann ist nix mit IQ-Test.»

«Haha, Papa. Wohl kaum.»

Nachdem ich eine Weile draußen im Garten an der frischen Luft umhergelaufen bin, anschließend im Eiswasserbecken einmal unter- und daraufhin mit krebsrotem Körper wieder aufgetaucht bin, sehe ich etwas, das ich erst beim zweiten Hinsehen glauben kann. Mathilda steht mit dem Typen, der mich in der Sauna so offensiv angestarrt hat, vor den Duschen, und die beiden unterhalten sich. Er ist bestimmt schon achtzehn, vielleicht sogar noch älter.

Mathilda hat zwar ihr Saunatuch umgebunden, aber zum einen lässt es sehr viel Bein frei, zum anderen rutscht es oben ständig, was der Jüngling mit sichtlichem Interesse verfolgt. Ja, geht's noch?!

So schnell es auf dem glitschigen Untergrund der Saunalandschaft möglich ist, eile ich meinem Kind zu Hilfe. Während ich mich nähere, kann ich noch ein paar Gesprächsfetzen aufschnappen.

«Du hast echt 'nen geilen Body, das muss man schon sagen», sagt der Typ allen Ernstes.

«Danke», erwidert Mathilda sichtlich geschmeichelt.

«Vielleicht wollen wir mal was zusammen trinken gehen oder ein Eis ...» Er stockt. Vermutlich deshalb, weil er einen nackten, krebsroten Mittvierziger auf sich zustürmen sieht.

«Was ist denn hier los?», frage ich und bemühe mich wirklich darum, ruhig zu bleiben.

«Das ist mein Vater», sagt Mathilda in einem Tonfall, als ginge es darum, zu gestehen, dass sie Fußpilz hat.

«Freut mich», sagt der Typ und streckt mir seine Hand entgegen. «Ich bin der Maik.»

Ich ignoriere die Hand und stelle mich schützend vor Mathilda.

«Was wollen Sie von meinem Kind?»

«Papa!»

Der Typ blickt mich irritiert an. «Äh, nichts will ich. Wir haben uns einfach nur unterhalten.»

«Und über was, bitte schön?»

«Papa!»

«Meine Tochter ist nämlich erst vierzehn!»

«Papa!»

«Ach, was? Zu mir hat sie gesagt, sie wäre sechzehn.» Maik zwinkert Mathilda konspirativ zu. «Hast mich ein bisschen angeschwindelt, was?»

«Mann, Leute!», ruft sie empört, und im gleichen Moment schießt ihr die Schamesröte ins Gesicht.

Maik grinst sie unverhohlen an. «Na ja, kann man ja verstehen. Aber ich muss dann auch mal weiter zu meinen Leuten. Tschüs! Und du kannst dich gern in ein paar Jahren noch mal melden, Mathilda.»

«Jetzt reicht's dann aber», protestiere ich, doch da ist Maik schon weg.

Ich wende mich mit sanfter Stimme an Mathilda. «Alles in Ordnung mit dir?»

«Ja, warum sollte denn nicht alles in Ordnung mit mir sein, Papa?», fährt sie mich an. «Warum musst du nur immer so peinlich sein?» Dann dreht sie sich wütend um und verschwindet in einer der Duschkabinen.

Als ich später im Ruheraum liege, denke ich darüber nach, wie es passieren konnte, dass aus meinem kleinen Mädchen fast schon eine junge Frau geworden ist, ohne dass ich das wirklich mitbekommen hätte. Eine beachtliche Verdrängungsleistung, die mein Gehirn da in den letzten Jahren veranstaltet hat. Doch jetzt, hier in diesem Moment, auf dieser Liege in diesem Ruheraum, wird mir klar, dass es vermutlich erst der Anfang von gewaltigen Veränderungen in unser beider Leben sein wird. Da kommt mit Sicherheit noch einiges auf uns zu, gegen das ich gewappnet sein muss.

Als wir uns auf den Weg nach Hause machen, hat sich Mathilda wieder einigermaßen beruhigt. Wir legen einen kurzen Zwischenstopp im Bioladen unseres Vertrauens ein, und ich kaufe Nüsse, Blaubeeren, Avocados, Brokkoli,

Bananen, Zwiebeln und Quinoa. Alles Nahrungsmittel, die die Gehirnleistung verbessern, wie ich bei meiner Hochbegabten-Recherche herausgefunden habe. Nicht dass Mathilda es nötig hätte, aber sicher ist sicher.

Zu Hause zaubere ich aus all den leckeren Zutaten dann diverse kleine Speisen und präsentiere Mathilda anschließend stolz das Ergebnis.

Ihre Reaktion darauf fällt allerdings wenig begeistert aus. «Gibt's nichts Richtiges? Ich hab Hunger!»

«Das, meine liebe Mathilda, ist etwas Richtiges», sage ich und versuche trotz des Murrens meine gute Laune aufrechtzuerhalten. «Genauer gesagt ist es Brain-Food und wird dir helfen, bei Frau Hackenbecks Intelligenztest noch besser abzuschneiden, als du es ohnehin tun würdest.»

«Was für 'n Test?»

«Ach, Mathilda, ist das Wasser in deinem Kopf doch verdunstet?»

«Ach so, ja.» Sie setzt sich. «Wann soll der denn überhaupt sein?»

«Übermorgen um 16 Uhr.»

«Übermorgen schon? Ach nö, Freitag hab ich doch schon immer mittags Schluss. Dann muss ich nur für den bescheuerten Test noch so lange bleiben?»

Ich atme tief durch. «Mathilda, dieser Test ist das Nadelöhr, das über den weiteren Verlauf deiner Karriere entscheiden wird.»

«Ich hab gar keine Karriere, Papa, ich bin in der Schule. Vergessen?»

«Deiner künftigen Karriere», verbessere ich mich. «Die mit Sicherheit glänzend werden wird.»

Mathilda blickt mich missmutig an.

Ich versuche, sie mit einem aufmunternden Lächeln zu motivieren. «So, und jetzt iss mal schön, dann gehst du ins Bett, denn Schlaf ist das A und O, wenn man Spitzenergebnisse erzielen will. Morgen nach der Schule sehen wir uns die Beispielaufgaben an, und dann müsste die Sache doch laufen.»

Mathilda seufzt resigniert. «Okay, Papa.»

Ich merke, dass sie noch etwas anderes beschäftigt, was sie sich nicht auszusprechen traut. «Sag schon.»

Sie seufzt ein weiteres Mal und blickt mich unsicher an. «Und was ist, wenn ich gar nicht hochbegabt bin?»

«Ja nix. Was soll da sein? Dann geht alles so weiter wie bisher.»

«Und du wirst nicht enttäuscht sein?»

«Nein, mein Kleines. Natürlich nicht.»

«Okay. Ich werde dich dran erinnern.»

11

Am Tag des IQ-Tests bin ich vermutlich deutlich aufgeregter als mein Kind. Damit auch wirklich nichts anbrennt und um sicherzugehen, dass Mathilda sich nicht verläuft, fahre ich sie ausnahmsweise mit dem Auto zur Schule. Doch bevor wir in den Fahrstuhl steigen, fällt Mathilda plötzlich ein, dass sie ihren ‹Glücksstift› vermisst.

Der ‹Glücksstift› ist ein Schreibutensil in der Form eines Einhorns. Ein Gegenstand, der laut Mathilda an Schönheit und Eleganz kaum zu überbieten ist. Leider hat sie mittlerweile so oft auf dem kleinen Kerl herumgekaut, dass er aussieht, als wäre er in den Kugelhagel der kalabrischen Mafia geraten.

«Brauchst du den denn wirklich?», frage ich, während ich die Fahrstuhltür offen halte. «Nicht dass wir zu spät kommen.»

«Ja, natürlich brauche ich den wirklich. Ohne Glücksstift habe ich kein Glück. Und ohne Glück bestehe ich den Test nicht und ohne ...»

«Ich glaub, ich hab's verstanden», unterbreche ich sie und folge ihr zurück in die Wohnung.

Aber egal, wo wir suchen, der verdammte Stift ist nicht zu finden. Mathilda wird immer verzweifelter, und ich werde immer besorgter. Nicht nur, weil der verschwundene Glücksbringer an Mathildas Selbstbewusstsein nagt, sondern auch deshalb, weil ich gelesen habe, dass der Intelligenzquotient situationsabhängig ist und er beispielsweise durch Stress gemindert werden kann. Und jetzt hat sie Stress. Ganz eindeutig.

«Mann, ohne Glücksstift geht das nicht! Ich kann so keinen Test schreiben. Ich bleib heute zu Hause.»

«Vielleicht hast du ihn ja in der Schule vergessen?»

«Nein, hab ich nicht, gestern Abend hatte ich ihn noch.»

«Dann muss er ja irgendwo sein.

«Ist er aber nicht.»

«Komm, wir suchen noch ein bisschen weiter.»

«Ich hab schon überall gesucht. Ich will nicht mehr. Ich schreib den Test nicht. Ich bleib zu Hause.»

«Der Test ist wichtig. Außerdem haben wir schon zugesagt.»

Mathildas Kopf wird mit einem Mal hochrot. «Du hast zugesagt! Nicht ich!»

«Mathilda, du musst jetzt ganz ruhig sein, du darfst dich auf gar keinen Fall aufregen.»

«Jetzt hör doch mal auf!» Ihre schon die ganze Zeit recht laute Artikulation kippt jetzt langsam, aber sicher in Richtung Schreien. «Natürlich kann ich mich aufregen! Ich rege mich auf, wann ich will!»

Oh, nein. Vor meinem inneren Auge sehe ich, wie sie IQ-Punkt um IQ-Punkt verliert. Wie bei einem Countdown. Wenn das so weitergeht, ist sie in wenigen Minuten dumm wie Brot und wird für immer mit mir zusammenleben, weil sie in der harten Welt da draußen allein nicht überleben würde.

«Ich hab ihn», sage ich plötzlich, denn mit einem Mal nehme ich das gesuchte Plastik-Einhorn wahr, das sich schon die ganze Zeit über unbemerkt in meinem Blickfeld aufgehalten haben muss. Es sitzt direkt vor unserer Nase, ganz unschuldig zwischen Bananen, Äpfeln und Weintrauben in der Obstschale auf der Anrichte.

Mathilda entspannt sich, ihr IQ-Wert schnellt wieder nach oben, und wir können aufbrechen.

Um die verlorene Zeit aufzuholen, ist es mir leider nicht möglich, die innerorts vorgeschriebene Geschwindigkeitsbegrenzung einzuhalten. Was gefährlich ist. Zwar nicht unbedingt für Mathilda und mich, wir sitzen ja geschützt in einem SUV, für Lehrer Lohbart hingegen schon. Denn ihn mähe ich vor lauter Nervosität und Unachtsamkeit beim Abbiegen fast mitsamt seinem Elektrovelo um.

«Papa! Vorsicht!», ruft Mathilda, woraufhin ich sofort in die Eisen steige und wir zum Stehen kommen.

Dennoch macht Herr Lohbart einen blitzschnellen Ausweichschlenker, dessen Eleganz ich seinem behäbigen Lehrkörper gar nicht zugetraut hätte, und verliert dadurch fast das Gleichgewicht. Nachdem er sich wieder gefangen hat, brüllt er mir mit erhobener Faust und violettfarbenem Gesicht eine Vielzahl kryptischer Flüche entgegen.

«'tschuldigung. War wirklich keine Absicht», rufe ich kleinlaut und hebe beschwichtigend die Hand und wende mich dann mit vermutlich recht bleichem Gesicht an Mathilda. «Puh, war knapp, hm?»

Mathilda schüttelt nur den Kopf. «Danke, Papa. Der gibt mir jetzt bestimmt eine schlechte Note dafür. Und dieses Mal bist du schuld.»

Ich gebe ihr zerknirscht recht. «Trotzdem, ich wünsche dir ganz viel Glück und Erfolg bei dem Test. Du machst das schon. Ich hole dich später wieder ab.»

«Okay. Bis dann.»

«Und ...»

Rums! Da hat sie die Tür schon zugeschlagen, und ich kann ihr nur dabei zusehen, wie sie ihre Freundin Annika mit einer Umarmung begrüßt und anschließend mit ihr gemächlich ins Gebäudeinnere schlendert. Jetzt beginnt das große Warten.

Als ich zu Hause ankomme, ist mir sofort klar, dass auch heute an kreative Arbeit mal wieder nicht zu denken ist. Wann habe ich eigentlich zuletzt etwas geschrieben? Egal.

Spaßeshalber bearbeite ich lieber selbst ein Musterexemplar des IQ-Tests. Doch das hätte ich besser bleiben lassen sollen, denn das Lösen dieser Aufgaben entpuppt sich als für mich extrem frustrierende Tätigkeit, und das Ergebnis ist auch eher bescheiden. Ich komme auf einen Intelligenzquotienten knapp oberhalb des Durchschnittswertes. Damit ist meine These also nun offiziell bestätigt: Falls Hochbegabung vererbbar ist, von mir hat sie Mathilda mit Sicherheit nicht.

Plötzlich klingelt es an der Tür.

Ich stehe auf, öffne und sehe in das besorgte Gesicht meines Verlegers Heiko Hessler. Schlagartig packt mich das schlechte Gewissen, denn ich habe im Laufe der Woche mindestens drei seiner Anrufe ignoriert.

«Erst mal bin ich froh, dass du noch am Leben bist, Sebastian», steigt Heiko ohne Umschweife in die Unterhaltung ein, während er uneingeladen in meine Wohnung spaziert. «Davon kann man in deinem Alter ja auch nicht mehr so ohne weiteres ausgehen, wenn man vier Tage kein Lebenszeichen bekommt.»

«Ja, ich weiß. Es tut mir leid», sage ich mit echter Reue in der Stimme.

«Eigentlich wollte ich mich ja bei dir entschuldigen. Wegen dem, was ich am Montag gesagt habe. Oder vielleicht besser dafür, wie ich es gesagt habe.» Heiko setzt sich auf das Sofa, zieht seine Schuhe aus und legt die Füße auf den Tisch. «Aber nachdem du nie ans Telefon gegangen bist, will ich mich jetzt doch nicht mehr entschuldigen.»

«Du hast auch gar keinen Grund, dich zu entschuldigen. Alles gut, Heiko. Ich bin dir nicht böse, denn ich weiß ja, dass du nur mein Bestes im Sinn hattest und immer noch hast.»

Heiko nickt mit einem Hauch von Erleichterung im Gesicht. «Aber ich würde trotzdem gern wissen, was los war die letzten Tage.»

«Ach, nichts Besonderes, ich hatte einfach nur extrem viel um die Ohren», sage ich und winke ab.

Heiko nickt mit zusammengekniffenen Augen. «Mit ‹extrem viel um die Ohren› meinst du sicher, dass du an unserem neuen Buch geschrieben hast wie eine emsige Arbeitsbiene.»

«Nicht direkt.»

«Sondern?»

«Ich hatte anderes zu tun.» Ich mache eine Pause und lasse den Satz einfach mal so stehen. Heiko ist deutlich anzusehen, dass ihm das überhaupt nicht behagt. Er giert förmlich nach mehr Informationen. Ich erlöse ihn: «Wegen Mathilda.»

Sein Ausdruck wechselt zu echter Besorgnis. «Hoffentlich nichts Schlimmes?»

«Nein, gar nicht, im Gegenteil», wiegele ich ab. «Sie ist wahrscheinlich hochbegabt.»

Er runzelt die Stirn und mustert mich. «Okay. Cool. Glückwunsch.»

«Danke, danke. Um das neue Buch brauchst du dir aber trotzdem keine Sorgen zu machen», fahre ich schließlich fort. «Ich weiß, ich hatte dir für diese Woche was angekündigt. Das werde ich zwar definitiv nicht schaffen, dafür verspreche ich dir, dass du nächste Woche, spätestens übernächste auf jeden Fall etwas bekommst. Ganz sicher. In Ordnung?»

Heiko blickt mich einige Sekunden lang an und nickt dann. «In Ordnung. Überhaupt kein Problem.» Er zieht seine Schuhe wieder an. «Und wenn ich dich irgendwie unterstützen kann, lass es mich wissen. Den Gutschein für den sehr geschmackvollen Sauna-Club Melanie habe ich dabei, und er kann bei Entspannungsbedarf genutzt werden ...»

«Nein, danke. Und jetzt tschüs.»

Pünktlich um 16:45 Uhr hole ich Mathilda von der Schule ab. Ich habe so viele Fragen an sie: «Wie war es? Wie ist dein Gefühl? Bist du schnell durchgekommen, oder gab es Bereiche, an denen du länger sitzen musstest?»

Mathildas Antwort: «Nee, war okay. Ergebnis dann nächste Woche.»

Und mehr lässt sie sich auch den restlichen Tag nicht entlocken. Sollte sie jemals ein Buch schreiben, würde es sehr kurz werden.

12

An den Wochenenden blenden wir Arbeit und Schule so gut es geht aus und widmen uns ausschließlich unserem Wohlbefinden. Lange bevor das Wort *hyggelig* in den deutschen Sprachraum einmarschiert ist, wussten Mathilda und ich schon, wie man dieses Lebensgefühl herstellt und zelebriert.

Ein normaler Samstagvormittag sieht bei uns so aus: Wir schlafen aus. Dann ziehen wir uns an, gehen gemeinsam zu unserem Lieblingsbäcker und suchen uns jedes Mal exakt die gleichen Backwaren aus. Mathilda nimmt immer ein Mohnbrötchen und ein Buttercroissant, ich ein Laugen- und ein Franzbrötchen. Danach kaufen wir Obst und Gemüse, drehen eine kurze Runde durch den Park, um später zu Hause mit Heißhunger über unser Frühstück herzufallen. Den restlichen Vormittag liegen wir dann auf dem Sofa und widmen uns der Lektüre. Ich lese die SZ in Papierform, Mathilda beschäftigt sich meist mit einem Buch auf ihrem Reader.

Diese Routine hatten wir schon, als Isa noch gelebt hat, und bisher gab es keine Veranlassung, daran etwas zu ändern. Im Gegenteil: Routinen geben einem einen gewissen Halt. Und Halt ist genau das, was Mathilda und ich in den letzten Jahren wirklich nötig hatten.

Am Nachmittag gehen wir einkaufen, da Mathilda der Meinung ist, sie hätte für die anstehende Paris-Reise rein gar nichts zum Anziehen. Ich sehe das natürlich komplett anders und ihr Kleiderschrank mit Sicherheit auch, denn der ist kurz vor dem Zerbersten. Aber um des Familienfriedens willen tue ich ihr den Gefallen.

Beim Aussuchen und während der Anprobe der neuen Teile bin ich Mathilda aber offenbar keine große Hilfe, denn ich werde mehrfach angemeckert. Entweder weil ich die falsche Größe bringe («Mann, Papa, das ist 'ne L. Seh ich aus wie 'ne L?!») oder weil ich etwas vorschlage, was ihrem Modegeschmack komplett entgegenläuft («Mann, Papa, wer so was trägt, hat echt die Kontrolle über sein Leben verloren!»). Schließlich gebe ich auf, händige ihr mein Portemonnaie aus, mit der Auflage, nicht mehr als 200 Euro auszugeben, und verziehe mich für die kommende halbe Stunde in die nächstgelegene Buchhandlung.

Die trägt den klingenden Namen LiesBett. Vermutlich deswegen, weil es ein Cross-over aus einem Buchladen und einem Bettenfachgeschäft ist. Das muss sich ein ausgebufftes Marketinggenie ausgedacht haben, um Synergien zu schaffen und sowohl den einbrechenden Buch- als auch Matratzenumsätzen entgegenzuwirken.

Die Qualität einer Buchhandlung lässt sich für einen Schriftsteller daran ablesen, wie viele seiner eigenen Bücher dort vorrätig sind. Ich überprüfe den Bestand und bin mit dem Ergebnis sehr zufrieden. Alle meine Werke sind in größerer Stückzahl vorhanden. Sogar eine Ausgabe von *Das Raunen der Regenwürmer* entdecke ich. Sehr guter Laden!

Ich freue mich darüber so sehr, dass ich spontan beschließe, meine Bücher heimlich zu signieren. Dabei stelle ich mir vor, wie groß die Freude der Leserinnen wohl sein wird, wenn sie zu Hause ihr eben erworbenes Buch durchblättern und darin eine Originalsignatur des Autors finden, beziehungsweise der Autorin, denn ich unterschreibe natürlich mit meinem Pseudonym.

Schnell bin ich beim dritten Buch angekommen, das ich beschwingt mit meiner Unterschrift aufwerte, als ich plötzlich bemerke, dass ich von einer gut aussehenden Frau in schwarzem Trenchcoat interessiert aus den Augenwinkeln beobachtet werde. Sie scheint ungefähr so alt zu sein wie ich, vielleicht ein paar Jahre jünger, hat rötliche Haare, die sie zum Pferdeschwanz nach oben gebunden hat, Sommersprossen und grüne Augen.

Ich lächle sie verschmitzt an. Sie lächelt komplizenhaft zurück. Einen kurzen Moment lang bin ich ganz verzaubert von ihrer Ausstrahlung. Sie ist hübsch, sehr sogar, denke ich und verspüre gleichzeitig den Drang, ihr mein Tun irgendwie zu erläutern. Doch kaum will ich zu sprechen ansetzen, da packt mich eine Pranke von hinten an der Schulter und reißt mich einmal um 180 Grad herum.

«Was machen Sie denn da?!»

Ich blicke in das vor Zorn rot glühende Gesicht einer Angestellten der Buchhandlung LiesBett. Das Namensschild an ihrem Revers weist sie als «Frau Steverkamp» aus.

«Ich?», frage ich überrumpelt und eingeschüchtert zugleich. «Nichts mache ich. Gar nichts.»

«Sie haben doch gerade in das Buch da reingeschrieben?», fährt sie mich an.

«Ich? Nein, nein, nein.»

«Natürlich. Ich hab's doch gesehen.»

Bevor ich reagieren kann, nimmt sie mir das Buch aus der Hand, schlägt es auf und hält mir meine Missetat direkt unter die Nase. «Das ist ja wohl eindeutig.»

Gut, okay. Die Beweislast ist so erdrückend, dass ich mich für einen Wechsel der Verteidigungsstrategie entscheide und es einfach mal mit der Wahrheit probiere. Ich atme tief durch und sage so ruhig wie möglich: «Frau Steverkamp, Sie haben vollkommen recht. Ich habe in dieses Buch geschrieben, und dafür möchte ich mich in aller Form entschuldigen.»

Der plötzliche Umschwung im Ton scheint die Buchhändlerin etwas zu irritieren. Sie mustert mich mit zusammengekniffenen Augen.

«Und ich kann Ihnen auch erklären, warum ich es gemacht habe», fahre ich fort und lächle sie vertrauensspendend an.

Frau Steverkamp stemmt die Hände in die Hüften. «Na, da bin ich aber mal gespannt.»

«Also, es ist eigentlich ganz einfach: Ich habe das Buch geschrieben! Ta-ta! Und da ich Ihre Buchhandlung so toll fand, weil Sie alle meine Bücher vorrätig haben, da dachte ich mir: Hey, mache ich denen doch mal eine Freude und signiere heimlich ein paar Exemplare. Damit sich die eine oder andere Leserin zu Hause so richtig freut. Was ja wiederum Ihrer Buchhandlung zugutekommt», erkläre ich und bin fast ein wenig gerührt von meiner selbstlosen Nächstenliebe.

«Sie haben das Buch geschrieben?», fragt sie ohne jegliches Anzeichen einer Emotion.

«Ja.»

Frau Steverkamp atmet tief ein und schüttelt mit enttäuschtem Gesichtsausdruck den Kopf. «Leider haben Sie bei Ihrer Geschichte eine winzige, aber nicht unbedeutende Kleinigkeit übersehen.»

«Die da wäre?»

«Dieses Buch hat eine Frau geschrieben. Sie sind allem Anschein nach aber ein Mann.»

«Lore Lachmund ist mein Pseudonym», erkläre ich nachsichtig.

Diese Aussage scheint mein Gegenüber sehr zu erheitern.

«Ihr Pseudonym, na klar.»

«Doch, wirklich.»

«Schon klar.»

«Sie glauben mir nicht?»

«Nein, ich glaube Ihnen nicht.»

«Aber es ist die Wahrheit.»

«Ist es nicht. Denn ob Sie es glauben oder nicht: Ich habe die Autorin mal auf der Buchmesse getroffen. Was sagen Sie jetzt?»

«Das kann nicht sein.»

«Und ob das sein kann! Oder wollen Sie sagen, ich lüge?»

«Nein, ganz bestimmt nicht ...»

«Na, sehen Sie. So, und jetzt habe ich keine Zeit und auch keine Lust mehr, mit Ihnen noch weiter zu diskutieren. Die Sache ist klar: Sie müssen alle Bücher kaufen, die Sie beschädigt haben.»

«Beschädigt. Pah!», sage ich entrüstet. «Ich habe sie veredelt!»

Frau Steverkamp blickt mich streng an und wartet auf Einsicht meinerseits. Um die Situation nicht weiter eskalieren zu lassen, tue ich ihr den Gefallen. «Ist gut. Ich kaufe alle. Kein Problem.»

Sie nickt zufrieden, sieht die Bücher durch, stapelt die von mir signierten und nimmt sie dann mit zur Kasse. «Folgen Sie mir bitte.»

Ich trotte Frau Steverkamp hinterher. Dabei bemerke ich, dass die rothaarige Frau im schwarzen Trenchcoat immer noch da ist. Sie blickt von ihrem Buch auf und lächelt mich mitfühlend an.

«Es ist wirklich mein Pseudonym», erkläre ich flüsternd.

«Ich glaube Ihnen», erwidert sie schmunzelnd.

«Wenigstens eine», sage ich erleichtert. «Vielen Dank.»

Doch bevor ich die Unterhaltung fortsetzen kann, donnert es auch schon aus der anderen Ecke des Geschäfts: «Kommen Sie jetzt bitte zur Kasse!»

Ich entschuldige mich bei der Frau mit dem schwarzen Trenchcoat mit einem Achselzucken und trotte demütig zur Kasse.

«So, das macht 49,95 für fünf beschädigte Taschenbücher von Lore Lachmund. Karte oder bar?»

«Karte», antworte ich, greife nach meinem Portemonnaie und bekomme einen Schreck. Es ist nicht da.

«Ach, Mist. Ich hab gar kein Geld dabei. Das hat ja meine Tochter.»

Die Verkäuferin schüttelt den Kopf und seufzt enttäuscht. «Ich rufe den Sicherheitsdienst.» Sie greift zum Hörer.

«Nein, warten Sie! Ich will ja zahlen. Ich muss nur kurz

mein Portemonnaie holen. Meine Tochter ist ganz in der Nähe und hat mein Geld. Ich bin sofort wieder da, und dann zahle ich die Bücher. Versprochen.»

«Sie gehen nirgendwohin», erwidert Frau Steverkamp brüsk und spricht dann in den Hörer, der sie direkt mit der Lautsprecheranlage verbindet: «Die Sieben für die Vierzehn. Die Sieben für die Vierzehn.»

Mein vermutlich verständnisloser Gesichtsausdruck scheint Frau Steverkamp zu einer näheren Erläuterung zu motivieren. «Die Sieben ist der Sicherheitsdienst, ich bin die Vierzehn.»

«Gut zu wissen», erwidere ich, Interesse vortäuschend, was mir einen weiteren scharfen Blick der Buchhändlerin einbringt.

«Ich übernehme das», höre ich plötzlich eine Stimme hinter mir sagen und sehe gleichzeitig, wie ein 50-Euro-Schein an mir vorbeigereicht wird, den die Verkäuferin ohne Zögern annimmt und in ihrer Kasse gegen ein Fünf-Cent-Stück eintauscht, das sie in die entgegengesetzte Richtung reicht.

Ich drehe mich um und blicke in das schöne Gesicht der Frau mit dem schwarzen Trenchcoat. Sie lächelt mich an. Währenddessen gibt Frau Steverkamp über die Lautsprecheranlage bekannt: «Die Sieben Tango Tango.» Und zu mir gewandt: «Tango Tango heißt Entwarnung bei uns.»

«Gut zu wissen», sage ich ein weiteres Mal und drehe mich dann ganz zu der rothaarigen Frau um. «Vielen, vielen Dank. Sie sind meine Rettung.»

«Keine Ursache. Ich habe eh nach einer Lektüre gesucht. Und die doppelten verschenke ich», erwidert sie. «Mit einer

Widmung ist das ja immer etwas ganz Besonderes. Ich hoffe, die Bücher sind gut.»

«Doch, ich denke, sie werden Ihnen gefallen. Trotzdem zahle ich Ihnen das Geld natürlich zurück. Die Bücher sind ein Geschenk.»

Die Frau winkt ab.

«Doch, doch. Da bestehe ich drauf. Würden Sie mir Ihre Adresse aufschreiben? Ich schicke Ihnen das Geld dann.»

Die Frau mit dem Trenchcoat blickt mich prüfend an. Schließlich nickt sie. «Ich schreibe Ihnen die Adresse meiner Praxis auf.»

«Sie sind Ärztin?»

«Tierärztin. Haben Sie etwas zu schreiben?»

Ich durchsuche meine Tasche und finde einen Stift. Ein Blatt Papier habe ich allerdings nicht dabei. Widerwillig wende ich mich noch mal an Frau Steverkamp. «Hätten Sie vielleicht einen Zettel für uns?»

«Leider nicht», erwidert die Buchhändlerin, sichtlich ihre Machtposition genießend. «Sie können aber diesen kleinen Block für 4,99 Euro erwerben.»

Die rothaarige Frau und ich blicken uns an und verdrehen nahezu gleichzeitig die Augen über so viel Ignoranz. Sie nimmt mir schließlich den Stift aus der Hand und schreibt ihren Namen und ihre Adresse auf meinen Handrücken. Ich fühle mich schlagartig zwanzig Jahre jünger.

«Aino Mäkinen», lese ich laut vor. «Ein finnischer Name?»

«Ja. Meine Eltern sind aus Finnland. Ich bin in Deutschland geboren.»

«Deswegen können Sie so gut Deutsch», sage ich überflüssigerweise und merke bereits, als ich es ausspreche, dass es Quatsch ist.

«Ja. Das stimmt. Danke für das Kompliment. Sie können im Übrigen auch recht gut Deutsch», erwidert sie souverän. «Es hat mich trotzdem sehr gefreut, Sie zu treffen. Aber jetzt muss ich wirklich los.» Sie lächelt mir ein weiteres Mal zu, dreht sich dann um und verschwindet in der Menge.

«Mich hat es auch sehr gefreut. Ich wünsche Ihnen noch einen schönen Tag.»

Kaum sind Mathilda und ich wieder zu Hause, mache ich ein Paket für meine Retterin fertig, in das ich neben den geschuldeten 50 Euro auch jeweils ein Exemplar von jedem meiner Bücher lege, das sie noch nicht hat, sowie eine Karte, auf der ich mich mit warmen Worten nochmals für ihre Hilfe bedanke.

Während ich den Karton zuklebe, fällt mir auf, dass ich noch gar nicht gesehen habe, was sich Mathilda gekauft hat.

«Mathilda?»

«Jaaa.»

«Magst du mir mal zeigen, was du alles gekauft hast?»

«Ja, okay.»

Wenige Minuten später erscheint Mathilda in ihrem neuen Outfit und mit einem sonnigen Freudestrahlen im Gesicht. Mir hingegen fallen fast die Augäpfel aus dem Kopf. Sie trägt eine Jeans, deren Beine ungefähr in Höhe des Leistenbereichs abgeschnitten wurden, was dazu führt, dass der Po der Trägerin nicht mehr vollständig bedeckt ist, eine schwarze Netzstrumpfhose mit Löchern an den Knien und ein T-Shirt, das anstatt Ärmeln derart ausladende Öffnungen an der Seite hat, dass man einen Medizinball durchwerfen könnte und es somit als Blickschutz völlig ungeeignet ist.

«Das geht alles zurück», sage ich entsetzt.

«Nee, wieso denn?», fragt Mathilda, und ihr Strahlen verschwindet schlagartig.

«Weil du damit aussiehst, als würdest du gleich zum Arbeiten auf die Oranienburger Straße gehen.»

Mathilda blickt mich mit zusammengekniffenen Augen an. «Was meinst du damit?»

«Nichts, nicht so wichtig», rudere ich zurück. «Was ich eigentlich sagen möchte, ist: Die Sachen sind viel zu aufreizend für ein junges Mädchen, und deswegen möchte ich, dass du sie umtauschst und dir etwas anderes aussuchst. Etwas Zivileres.»

Mathilda hat sich mittlerweile an meinen Laptop gesetzt, eine Suchanfrage gestartet und betrachtet jetzt die Ergebnisse. Mit empörtem Gesichtsausdruck dreht sie sich zu mir herum. «Papa, ich kann jetzt echt nicht glauben, dass du das gesagt hast!» Sie liest vor: «Oranienburger Straße. Blablabla. Die häufig von Touristen besuchte Flaniermeile bietet blabla, ist aber auch als Rotlichtviertel mit nächtlichem Straßenstrich bekannt! ... Du denkst, ich sehe aus wie eine Pros-ti-tu-ierte?!»

«Nein, das habe ich so nicht gemeint», winde ich mich.

«Du hast gesagt: Ich sehe aus, als würde ich gleich zum Arbeiten auf die Oranienburger Straße gehen.»

Die Fähigkeit, sich Sätze exakt so zu merken, wie ich sie tatsächlich gesagt habe, um sie mir dann bei jeder Gelegenheit unter die Nase zu reiben, hat sie schon sehr früh perfektioniert. Mittlerweile ist sie in dieser Disziplin eine Großmeisterin, und ich ziehe regelmäßig den Kürzeren, denn ich kann noch nicht mal wortgetreu wiederholen, was ich vor 30 Sekunden gesagt habe, geschweige denn das, was andere gesagt haben.

«Sollte ich das tatsächlich so gesagt haben, meine liebe Mathilda», versuche ich mich durchzulavieren, «dann habe ich es ganz bestimmt nicht so gemeint. Außerdem werden auf der Oranienburger Straße ja auch noch andere Dienstleistungen angeboten. Aber trotzdem: Ich entschuldige mich hiermit für meine unüberlegte Bemerkung. Okay?»

Mathilda nickt mit großzügigem Gesichtsausdruck. «In Ordnung. Aber wieso kennst du dich da überhaupt so gut aus? Warst du etwa schon mal bei einer Pros-ti-tu-ierten?»

«Nein!», entgegne ich empört.

«Sicher?»

«Ja. Sicher. Außerdem fragt man seinen Vater so was nicht.»

«Warum nicht?»

«Weil man das eben nicht macht. Punkt. ... Und was hast du von dem restlichen Geld gekauft?», lenke ich das Gespräch schnell zu unserem eigentlichen Thema zurück.

«Von welchem restlichen Geld?»

«Die Sachen haben zusammen doch niemals 200 Euro gekostet. Wo ist der Rest?»

«Ach so. Unterwäsche habe ich noch gekauft.»

«Du hast doch genug Unterwäsche.»

«Nee. Ich hab schönere gebraucht. Die, die ich habe, macht einen fetten Arsch. Ich sehe dann immer aus, als hätte ich ein Fass in der Hose.»

Ich atme tief durch und bemühe mich um ein Lächeln. «Na, dann zeig mir doch bitte mal deine schönere Unterwäsche.»

«Nee, die kann ich dir nicht zeigen, das würde meine Intimsphäre verletzen.»

«Okay. Ist eh egal. Es geht ja sowieso alles zurück.»

«Tut es nicht.»

«Doch. Tut es wohl.»

«Und wenn ich den Kassenbon nicht mehr habe?», fragt Mathilda mit provozierendem Unterton in der Stimme. «Kann nämlich gut sein, dass ich den weggeschmissen habe, weil ich mir schon gedacht habe, dass du wieder Probleme machst. So sieht's nämlich aus.» Sie blickt mich überlegen an.

Ich lächle milde. «Mathilda, solltest du den Kassenbon tatsächlich nicht mehr haben, verkaufe ich die Sachen bei eBay und ziehe dir die Differenz vom Taschengeld ab. So sieht's nämlich aus.»

Meine Tochter schüttelt empört den Kopf, stapft dann davon und verschwindet in ihrem Zimmer. Aber nicht, ohne vorher mit aller Wucht die Tür zuzuknallen.

In Gedanken überschlage ich die Tage bis zum voraussichtlichen Ende der Pubertät. Das ernüchternde Ergebnis: Es sind noch viele. Sehr, sehr viele.

13

Sonntag sind wir bei Gudrun und ihrem Mann Martin in die Kleingartenanlage Buntspecht eingeladen, wo die beiden zur großen Freude ihrer Söhne Jannik, Noah, Lui und Frederick eine Parzelle mitsamt kleinem Häuschen gepachtet haben.

Die KGA Buntspecht ist eine Laubenkolonie, wie man sie überall in Deutschland vorfindet. Allerdings keine mit Deutschlandfahne, Gartenzwergen und Heckenhöchstmaßen, zumindest nicht mehr, sondern eine, die bereits gentrifiziert ist. Die neuen Bewohner sind allesamt junge Familien. Papa ist Möbeldesigner und trägt Vollbart und Herrendutt, Mama ernährt sich neuerdings vegan, erzählt das jedem, der es nicht wissen möchte, und macht beruflich was mit Medien, und die Kinder sind auf einer Schule mit Montessori-Ansatz und können ihre Namen tanzen. Es heißt jetzt auch nicht mehr Gartenarbeit, sondern Urban Gardening und Flower Lounging. Gartenzwerge gibt es zwar immer noch, allerdings sind die jetzt ironisch gemeint.

Sonntag ist der einzige Tag in der Woche, an dem Gudrun nicht bei den Zwölf Elfen arbeitet, also eigentlich frei hätte. Dennoch lässt sie es sich nicht nehmen, an diesem

Tag ihre diversen Freunde privat zu bekochen beziehungsweise zu begrillen. Heute sind mal wieder Mathilda und ich dran.

Während sich die vier Racker mit Holzschwertern bekriegen und dabei anbrüllen, als wären sie taub, liegt mein Kind in der Hängematte und liest. Hach, es ist einfach herrlich, ein hochbegabtes Kind zu haben. Und noch dazu ein zartes Mädchen und nicht so einen grobschlächtigen Jungen.

Plötzlich bemerke ich, dass Martin neben mir steht, was mich vor Schreck zusammenzucken lässt. Sich anschleichen und der angeschlichenen Person ein merkwürdiges Gefühl geben, ist nur eine der etwas seltsamen Angewohnheiten von Gudruns Mann. Obwohl er so ganz nett und umgänglich ist, finde ich ihn manchmal ein klein wenig creepy.

Martin grinst und reicht mir ein alkoholfreies Bier, denn er weiß, dass ich keinen Alkohol trinke, wenn ich mit Mathilda unterwegs bin. Ich komme also sehr selten dazu, Alkohol zu trinken, was dazu führt, dass ich einerseits immer klar im Kopf bin, andererseits aber nie ‹locker›. Zumindest sieht das Gudrun so. Sie nennt mich gern einen Party-Pooper.

Wir stoßen an und trinken einen Schluck. «Darf ich dir nachher mal zeigen, was ich Neues geschrieben habe?», fragt Martin.

Gudruns Mann ist ein sehr fleißiger Hobbyautor und hat mich gegen meinen Willen zu seinem Lektor ernannt.

«Ja, natürlich. Sehr gern», lüge ich. «Schau ich mir nachher gleich an.» Mein geheimer Plan ist hingegen, die

Lektüre und das anschließende Gespräch so weit hinauszuzögern, dass die Zeit heute nicht mehr ausreicht, er mir den Text einfach mit nach Hause gibt und ich ihm dann, ohne überhaupt zu lesen, einfach ein paar Standardsätze per Mail dazu schreibe. Nicht dass ich für derartige Freundschaftsdienste nicht hin und wieder zu haben wäre, aber Martins Texte sind so dermaßen blutrünstig, dass ich nach der Lektüre meist ernsthafte Schwierigkeiten mit dem Einschlafen bekomme.

«Dieses Mal geht es um einen genialen Serienkiller», beginnt Martin ungebeten seine Geschichte zu spoilern. «Er ist Anwalt, und seine Opfer sind meist Leute, gegen die er vor Gericht entweder verloren hat oder die ihn dort schlecht behandelt haben. Also gegnerische Anwälte, Richter, manchmal auch die eigenen Klienten.»

Ich denke, ich muss nicht erwähnen, dass Martin selbst Anwalt ist und seine schriftstellerische Tätigkeit ganz offensichtlich der Psychohygiene dient. Äußerlich ist er ein sehr ruhiger, bedächtiger Mensch, aber innerlich scheint es gewaltig zu brodeln. Wobei ich nicht so recht verstehe, woher seine unterdrückten Aggressionen kommen, denn eigentlich ist er recht erfolgreich mit dem, was er tut.

«Der Anwalt folgt seinen Opfern nach Hause», fährt Martin fort, «bricht nachts in deren Wohnungen ein, trennt ihnen im Schlaf beide Ohren ab und zwingt sie dann, sie zu essen ...»

«Wu-wu-wu, Martin, stopp mal», bremse ich ihn, mittlerweile mit beachtlichen Kreislaufproblemen kämpfend. «Ich will das nicht hören. Mein Magen verträgt das nicht vor dem Essen. Und eigentlich auch nicht danach.»

Doch Martin macht munter weiter, offenbar denkt er, ich mache Witze. «Ich wollte es eigentlich ‹Der Ohrmörder› nennen. Was hältst du davon? Also den ersten Band, denn weil er so ein genialer Serienkiller ist, möchte ich gern eine Serie daraus machen. Eine Serienkillerserie. Haha, klasse, oder?»

«Hm», erwidere ich mit wenig Begeisterung.

«Nicht gut?»

«Nicht so, nein. Das Thema Serienkiller ist ein bisschen sehr 1990. Im Prinzip also durch», gebe ich weiter den Spielverderber.

Bevor wir unser Gespräch jedoch fortsetzen können, drängelt sich Frederick, Martins und Gudruns jüngster Spross, mit ketchupverschmiertem Gesicht zwischen uns.

Ich gehe einen Schritt zurück, um meine Hose vor dem Schlimmsten zu bewahren.

«Über was redet ihr?»

«Wir reden über Schmetterlinge», antwortet Martin geistesgegenwärtig.

«Über Pfauenaugen?»

«Ja, wir reden auch über Pfauenaugen.»

«Das sind meine Lieblingschmetterlinge. Hast du auch einen Lieblingschmetterling, Papa?»

«Hm, da muss ich mal überlegen ...»

Ich bin dankbar für die Unterbrechung, klopfe Martin freundschaftlich auf die Schulter und lasse Vater und Sohn ihr zoologisches Fachgespräch allein weiterführen.

Während ich zu Mathilda schlendere, hoffe ich inständig, dass ich nie in eine Situation kommen werde, bei der ich Martin auf der Gegenseite habe, nicht in einem Gerichtssaal und vor allem nicht unmittelbar danach. Ich hänge an meinen Ohren.

«Na?», sage ich und stupse gegen die Hängematte.

«Na?», nuschelt Mathilda zurück, ohne von ihrem Reader aufzublicken.

«Was liest du?»

«Ein Buch.»

«Ah! Ein Buch also. Und um was geht's?»

Mathilda blickt auf und fixiert mich mit halb offenen Lidern. «Willst du plaudern, Papa?»

«Ja. Ein bisschen. Gern», erwidere ich, obwohl ich natürlich sehr wohl weiß, dass Mathildas Äußerung nicht als Einladung gedacht war, sondern das genaue Gegenteil bewirken sollte.

Sie atmet resigniert aus. «Es geht um Erziehung.»

Das erstaunt mich jetzt doch ein wenig. «Um Erziehung? Holla! Um die Erziehung von ...?»

Mathilda sieht mich irritiert an. «Um die Erziehung von Kindern? Um was sonst?»

«Aha. Müsst ihr das für die Schule lesen?»

«Nein.»

«Du liest es also privat?»

«Jupp.»

«Und warum?»

«Um mich ein bisschen mit Erziehung auszukennen.»

«Weil du vielleicht etwas in die Richtung studieren möchtest?»

«Vielleicht.»

«Mathilda, eine Konversation besteht nicht nur daraus, dass einer eine Frage stellt und der andere eine möglichst knappe Antwort gibt, die zudem noch suggeriert, dass man überhaupt keinen Bock darauf hat, mit seinem Gegenüber zu sprechen.»

«Aber ich will ja auch gar nicht sprechen. Du willst.»

«Gut, ich will. Würdest du mir trotzdem meine Frage beantworten?»

«Welche Frage?»

«Ob du das Buch liest, weil du später mal beruflich etwas in diese Richtung machen möchtest.»

«Ja.» Da Mathilda offenbar bemerkt, dass meine Ungeduld kurz davor ist, in Wut umzuschlagen, lächelt sie verschmitzt und gibt noch etwas mehr von sich preis: «Also gut, ich lese das Buch, weil ich vielleicht mal Erzieherin werden möchte. In einer Kita. Mal sehen. Weiß ich jetzt noch nicht. Ein Schülerpraktikum will ich da aber auf jeden Fall mal machen.»

«Okay», sage ich. «Aber du solltest dir im Klaren darüber sein, dass Erzieherin ein echt anstrengender Beruf ist. Immer ist es laut, von den Eltern kommt oft viel Gemecker und wenig Lob. Und schlecht bezahlt ist das Ganze zudem auch noch.»

«Geld ist nicht alles.»

«Das ist richtig, liebe Mathilda. Aber wenn man keines hat, dann ist das auch doof. Mit deinem Potenzial stehen dir sicher andere Berufe mit größeren Verdienstmöglichkeiten offen.»

«Ja, mal sehen.» Mathilda mustert mich einige Sekunden lang ruhig, doch nach und nach kippt ihr Gesichtsausdruck ins Spöttische.

«Was ist?», frage ich irritiert.

«In dem Buch geht es übrigens auch um die verschiedenen Erziehungsstile. Autoritäre Erziehung. Antiautoritäre. Demokratische. Und so weiter.»

«Und?»

«Wie würdest du deinen Style nennen?»

«Meinen Erziehungsstyle würde ich am ehesten als demokratisch bezeichnen.»

Mathilda muss spontan auflachen. «Haha, sehr gut.»

Ich blicke sie entsetzt an. «Bitte?»

«Wenn du demokratisch so meinst, wie es in Deutsche Demokratische Republik vorkommt, dann gebe ich dir recht.» Sie wendet sich ab, muss schmunzeln, kann ein Lachen aber unterdrücken.

«Mathilda! Super!», lobe ich sie voll gespieltem Überschwang. «Das war ein hervorragender Witz. Mit viel Sarkasmus, aber ohne jeglichen Wahrheitsgehalt. Deshalb leider null Punkte.»

Daraufhin wird sie schlagartig wieder ernst. «Würde ich, ehrlich gesagt, nicht so sehen. Ich finde nämlich schon, dass du immer alles allein bestimmen willst und ich – wenn überhaupt – nur zum Schein gefragt werde.»

«Ja, findest du?»

«Ja.»

«Ich aber nicht. Ich finde, dass ich deine Meinung sehr wohl berücksichtige. Und zwar schon seit du klein warst.»

«Mh. So wie eben, oder?», sagt sie mit ein wenig Bitterkeit in der Stimme. «Jetzt versuchst du doch auch, meine Meinung in deine Richtung zu bügeln, anstatt sie zu akzeptieren.»

«Zu bügeln, ja?»

«Ja.»

Ich blicke mein Kind müde an. Ich habe so keine Lust mehr auf diese Unterhaltung. «Warum werde ich eigentlich ständig kritisiert? Kann ich nicht einfach mal so sein, wie ich bin? Einfach nur sein. Ohne dass sich mein Gegenüber wünscht, ich wäre ein anderer. Geht das?»

«Nein, Papa, das geht leider nicht. Denn Leben heißt Veränderung», sagt Mathilda mit sichtlichem Stolz über das Platzieren dieser Kalenderweisheit.

«Wie auch immer, Kind», erwidere ich mit einem Seufzer und bereite damit das Ende unserer Unterhaltung vor. «Ich gehe jetzt mal rüber zu Gudrun und helfe ihr ein bisschen beim Aufdecken. Nur noch eine Anmerkung zum Schluss: So schlecht kann meine Erziehung nicht sein, wenn das Ergebnis ein hochbegabtes Kind ist. So sieht's nämlich aus.»

14

«Machen wir's kurz, Herr Schulz», geht die Rektorin direkt in medias res, als ich zur vereinbarten Zeit bei ihr erscheine, um das Ergebnis des IQ-Tests zu besprechen. «Von einer Hochbegabung ist bei Ihrer Tochter nicht der Hauch einer Spur zu entdecken. Das Ergebnis des Tests ist ein solider Durchschnittswert.»

Frau Hackenbeck reicht mir ein Blatt Papier, auf dem Mathildas ermittelter Intelligenzquotient steht. Es sind deutlich mehr Punkte, als ich bei meinem Versuch hatte. Von einem Wert aber, bei dem man allgemein von Hochbegabung spricht, also so ab 130 Punkte, ist sie tatsächlich noch ein ganzes Stück weit entfernt.

Ich will einen Einwand vorbringen, doch Frau Hackenbeck unterbindet das mit einer routinierten Lehrerhandbewegung.

«Richtigerweise werden Sie jetzt gleich sagen, dass der IQ ja nicht das einzige oder gar beste Messinstrument zur Erfassung von Hochbegabung ist, denn es gibt ja ganz verschiedene Ausprägungen, wie zum Beispiel ‹schnell laufen können› oder ‹gut Tierstimmen imitieren› ...»

«Das wollte ich jetzt eigentlich nicht sagen», unterbreche ich sie.

Doch die Rektorin spricht unbeirrt weiter: «... eine Hochbegabung im akademischen Sinn kann mit dem vorliegenden Ergebnis aber definitiv ausgeschlossen werden.»

Frau Hackenbeck macht eine Pause und lässt ihre Worte wirken. Schließlich fährt sie fort. «Es ist, wie gesagt, ein solider Durchschnittswert. Genau genommen ein so durchschnittlicher Wert, dass ich mir die Frage stelle, warum Mathilda bisher so gute Leistungen erbracht hat. Die Antwort gibt uns vielleicht die Hummel.»

«Bitte?»

«Die Hummel kann, rein physikalisch gesehen, gar nicht fliegen, denn sie ist zu schwer, und ihre Flügel sind zu kurz. Doch die Hummel weiß das nicht. Und da sie es nicht weiß, fliegt sie munter weiter. Wenn sie es wüsste, würde sie vermutlich wie ein Stein zu Boden plumpsen. Und so ist es vielleicht auch mit Ihrer Tochter, Herr Schulz. Wenn wir Mathilda über ihre absolute Durchschnittlichkeit in Kenntnis setzen, kann es sein, dass sie eine Bruchlandung erleidet. Es wäre in meinen Augen daher sehr wichtig, dieses Gespräch besonders einfühlsam mit ihr zu führen. Was meinen Sie?»

Ich meine gar nichts. Ich bin einfach nur schockiert.

«Herr Schulz?», reißt Frau Hackenbeck mich aus meiner Starre.

«Ja, ja, ganz wie Sie meinen. Einfühlsam sein ist ja meine große Stärke.»

«Prima. Dann würde ich vorschlagen, wir lassen Mathilda nach diesem Gespräch jetzt erst mal eine ganz normale Schülerin sein, und Sie begeben sich währenddessen auf Ursachenforschung, um herauszufinden, was denn der

Grund für die aktuellen Auffälligkeiten sein könnte. Stichwort eins: Drogen. Stichwort zwei: familiäre Probleme. Und falls Sie dabei Hilfe benötigen: Ich kenne eine hervorragende Kinder- und Jugendpsychologin, die Sie ganz unverbindlich mal kontaktieren können. Wenn Sie wollen, kann ich Ihnen natürlich auch einen Termin mit unserer Schulpsychologin vereinbaren. Aber ich denke, eine externe Stelle ist vielleicht etwas diskreter. Sie wissen ja, die anderen Kinder.»

Frau Hackenbeck überreicht mir eine Visitenkarte mit dem Aufdruck «Dr. Antje Bruchshagen-Dommstedt, Kinder- und Jugendpsychologin, Diagnostik – Therapie – Familiencoaching».

Während ich die Karte in mein Jackett stecke, sehe ich vor meinem inneren Auge bereits, wie ich sie zu Hause in den Müll werfe. Wegen einer einzigen schlechten Note muss man vielleicht doch nicht gleich die Pferde scheu machen.

«Ach, eins noch, Herr Schulz: Mathilda hat eine Fünf in Chemie.»

«Bitte?!»

«Sie weiß noch nichts davon, die Arbeit bekommt sie morgen. Nur damit sie vorbereitet sind. Ursachenforschung sollte jetzt also oberste Priorität haben.»

Eine halbe Stunde später betrete ich die Zwölf Elfen und lasse mich dort auf meinem Stammplatz an Tisch 8 nieder. «Mathilda ist doch nicht hochbegabt», sage ich resigniert, als Gudrun aus der Küche kommt und sich zu mir gesellt.

«Ich weiß», erwidert sie gelassen und unterstreicht das mit einem gleichmütigen Schulterzucken.

«Na ja, ein Versuch war's wert, oder?»
Sie nickt. «Und wie geht's dir jetzt damit?»
«Mir? Gut geht's mir», lüge ich. «Supergut.»
«Du wirkst aber gar nicht so.»
«Doch, doch, mir geht's gut. Ich muss mir jetzt nur mal Gedanken darüber machen, was ansonsten die Ursache für Mathildas Leistungsabfall sein könnte.»
«Musst du nicht.»
«Doch, muss ich. Sie hat nämlich schon wieder eine schlechte Note bekommen ...»
«Lass sie einfach zufrieden.»
«Vielleicht nimmt sie ja doch Drogen», sage ich leise.
«Mach dich nicht lächerlich.»
«Oder es sind erste Anzeichen einer ernsten Erkrankung.» Ich halte inne und fühle, wie mein Gefühlshaushalt gerade die kritische Schwelle von Besorgnis zu Panik überschreitet. «Sobald ich zu Hause bin, mache ich gleich einen Arzttermin aus. Mathilda muss mal wieder dringend durchgecheckt werden.»
«Das wirst du nicht machen. Außerdem habt ihr das doch erst letzten oder vorletzten Monat gemacht.»
«Ja und? Das ist doch kein Grund. Du hast ja keine Vorstellung davon, wie schnell Krankheiten entstehen können. Erst ist alles noch friedlich, paradiesisch, und dann, mit einem Mal, peng, ist sie da, die Krankheit und zerstört alles, aber auch wirklich alles.»
An Gudruns mitfühlendem Gesichtsausdruck ist abzulesen, dass sie so gut wie ich weiß, dass ich von Isa spreche.
«Mathilda war vor einem Monat gesund, und sie ist es auch heute noch. Schlepp sie bitte nicht wieder in eine

Arztpraxis, denn dort und nirgends anders holt man sich die schlimmsten Krankheiten.»

Ich blicke sie an, und das, was sie sagt, hat eine gewisse Resonanz bei mir. Zumindest widerspreche ich ihr dieses Mal nicht, sondern stimme ihr durch leichtes Nicken zu.

«Halt die Füße still. Schreib an deinem Buch weiter und lass Mathilda ihr Leben selbst regeln. Dann wird sich alles fügen», sagt sie bestimmt und lächelt mir aufmunternd zu.

«Nichts zu tun ist aber die allerschwerste von allen möglichen Optionen, liebe Gudrun», gebe ich zu bedenken.

«Ich weiß, aber das bekommst du hin, lieber Sebastian.»

15

Zu Hause gebe ich Gudruns Vorschlag eine ernsthafte Chance. Ich setze mich an den Schreibtisch und versuche an alles Mögliche zu denken, nur nicht daran, was die Ursachen für Mathildas schulischen Leistungsabfall sein könnten. Doch es will mir nicht so recht gelingen. Stattdessen poppt in meinem Kopf immer wieder das Wort «Zimmerdurchsuchung» auf. Frau Hackenbecks Drogenfährte halte ich zwar für genauso abwegig, wie Gudrun es tut, zu hundert Prozent ausschließen kann ich sie aber auch nicht. Trotzdem möchte ich meinem Kind mit Respekt und Vertrauen begegnen, und eine Zimmerdurchsuchung würde diesem Grundsatz diametral entgegenlaufen. Außerdem ist «Zimmerdurchsuchung» ein so hartes Wort. Es klingt nach Militär oder Knast, und das entspricht natürlich nicht dem Geist, in dem ich meine Tochter erziehen wollte. Ich bin ja schließlich ein moderner, antiautoritärer Vater, der mehr auf Gespräche setzt anstatt auf Zwang und Kontrolle.

Genau.

Hm.

Ach, egal.

Wenig später öffne ich Mathildas Zimmertür und stehe vor einem mit allerlei Krams vollgestopften Kinderzimmer.

Obwohl ich meine Tochter jeden Tag wecke, werde ich mir erst jetzt des Ausmaßes an Krempel bewusst, den sie hier hortet. Ich bin in den letzten Jahren eher ein Freund des Downsizings geworden und möchte nur noch die absolut notwendigen Dinge besitzen, Mathilda hingegen hat den komplett entgegengesetzten Weg eingeschlagen.

Während ich noch überlege, wo ich mit der Suche am besten beginnen oder es in Anbetracht der Materialmenge vielleicht doch sein lassen sollte, fällt mein Blick plötzlich auf Mathildas Tagebuch, das ganz unauffällig unter ihrem Bett herumliegt. Welch Geschenk! Denn wo sollten Geheiminformationen sonst zu finden sein, wenn nicht dort?

Ich hebe das Buch auf und muss zu meiner großen Enttäuschung feststellen, dass es mit einem Schloss gesichert ist. Mist. Das hätte so einfach werden können. Wird es aber vielleicht trotzdem, denn bei genauerer Betrachtung stellt sich heraus, dass das Schloss den Namen eigentlich gar nicht verdient. Es ist so windig, dass es fast schon von allein abfällt.

Da es das aber eben nur fast tut, gehe ich in die Küche und versuche, mit einem Messer ein wenig nachzuhelfen. Doch das hätte ich besser nicht tun sollen. Denn plötzlich gibt es einen dumpfen, puffenden Knall, gefolgt von einer Farbexplosion. Mein Gesicht, mein Hals, mein Hemd und meine Hände sind mit einem Mal voll mit lila Farbe. Ich bin im ersten Moment so perplex, dass ich gar nicht realisiere, was mit mir geschehen ist.

Langsam dämmert mir jedoch, dass dieses Tagebuch mit einer ähnlichen Diebstahlsicherung ausgestattet sein muss wie ein Geldautomat. Zur Markierung und späteren Identifizierung des Täters wird dabei Farbe verwendet, die sich nicht mehr abwaschen lässt. Panik macht sich in mir breit.

Im Bad bestätigt sich dieser Verdacht. Trotz ausgiebiger Bearbeitung der betroffenen Stellen mit Kernseife und Wurzelbürste hält sich die Farbe hartnäckig. Ich gebe schließlich auf und betrachte verzweifelt mein lilafarbenes Gesicht im Spiegel. Verdammt, was mache ich denn jetzt? Mathilda darf mich auf gar keinen Fall so sehen. Sonst ist es nämlich aus mit dem Vertrauensverhältnis. Einen derartigen Eingriff in ihre Privatsphäre wird sie mir niemals verzeihen.

Bevor ich mir aber überlege, was ich als nächsten Schritt unternehmen soll, möchte ich zuerst mal sehen, ob sich der Aufwand überhaupt gelohnt hat. Ich inspiziere das Tagebuch und muss feststellen, dass dem nicht so ist. Bis auf die allererste Seite ist das Buch nämlich komplett leer, und dort steht auch nur ein einziger Eintrag. Und zwar vom 2. April dieses Jahres, Mathildas 14. Geburtstag:

Dieses tolle Tagebuch habe ich von meiner besten Freundin Annika geschenkt bekommen. Es ist ein ganz besonderes Tagebuch, denn es schützt den Inhalt vor Unbefugten. Ich nehme mir vor, ab heute jeden Tag zu schreiben, was sich in meinem Leben ereignet, und diesem Tagebuch alle Geheimnisse anzuvertrauen, die ich sonst niemandem erzähle. Heute bin ich zu müde, aber morgen fange ich damit an. Ganz sicher.

Das war's. Mehr steht nicht drin. Prima. Mathildas Konsequenz ist beeindruckend. Wie kam ich gleich wieder auf die Idee, sie sei möglicherweise hochbegabt?

Gerade als ich das Buch wütend in die Ecke donnern will, fällt mir das kleine Etikett in der Innenseite auf: «Dirksen Security, Heidestr. 7, 10557 Berlin».

Vermutlich hat Mathildas Freundin Annika das Buch dort gekauft. Schlagartig kommt mir eine Idee: Wenn jemand weiß, wie man diese Farbe wieder abbekommt, dann wohl die Leute von dieser Firma.

Bevor ich mich auf den Weg mache, borge ich mir aber Mathildas Make-up und überdecke die Farbe in meinem Gesicht und am Hals, so gut es geht, damit. Dann ziehe ich mir Handschuhe an und fahre mit dem Fahrstuhl in die Tiefgarage, wo mein Auto steht.

16

Bei Dirksen Security angekommen, stehe ich erst mal vor verschlossenen Türen. Oder besser gesagt vor einem verschlossenen Tor, denn die Firma hat ihren Sitz allem Anschein nach in einer Lagerhalle und nicht – wie erwartet – in einem normalen Ladengeschäft mit Schaufenster und Eingangstür. Als nach mehrmaligem Klopfen immer noch keiner aufmacht, setze ich mich frustriert in meinen Wagen. Ich will gerade rückwärts aus der Einfahrt zurücksetzen, da geht plötzlich das Rolltor hoch und ein junger Mann Anfang zwanzig in Kapuzenpulli und Baggy Pants erscheint. Ich steige wieder aus.

«Willst du zu mir?», fragt er mich und ist sich seiner Unverschämtheit, einen Erwachsenen – der doppelt so alt ist wie er und damit sein Vater sein könnte – ungefragt zu duzen, ganz offenbar nicht bewusst.

«Nein, ich will zu Dirksen Security.»

«Also willst du zu mir», erwidert er mit nachsichtigem Gesichtsausdruck und streckt mir die Hand entgegen. «Henner Dirksen. CEO, CFO und CTO bei Dirksen Security.»

«Bitte?», frage ich irritiert.

«Henner Dirksen. Chief Executive Officer, Chief Financial Officer und Chief Technical Officer bei Dirksen Security», wiederholt er noch mal sehr langsam und deutlich lauter, so als hätte er einen schwerhörigen 105-Jährigen vor sich. «Was kann ich für dich tun?», fährt er freundlich lächelnd fort.

«Ich ...», setze ich an, werde jedoch sofort unterbrochen.

«Ah, ich seh schon, du hattest Kontakt mit meinem Selfdefending Diary, und jetzt willst du wahrscheinlich wissen, wie du die Scheiße wieder abbekommst.»

«Exakt so ist es», sage ich.

Dirksen grinst mich unverhohlen an. «Die Antwort ist: gar nicht mehr. Das ist doch der Witz an der ganzen Idee. Hahaha.»

«Ich lache mich tot», erwidere ich mit versteinerter Miene.

Dirksens Gesichtsausdruck wird wieder ernst. Er scheint langsam zu begreifen, dass seine Ausgelassenheit weder jetzt noch später, noch irgendwann auf mich überspringen wird.

«Ich befinde mich in einer Notlage und benötige Ihre Hilfe», flehe ich. «Wenn es also irgendeine Möglichkeit gibt, wie Sie mich von dieser Farbe befreien können, dann bitte ich Sie: Tun Sie es! Egal zu welchem Preis.»

«Egal zu welchem Preis?» Dirksens Gesicht hellt auf.

«Egal zu welchem Preis», wiederhole ich mit Nachdruck.

«Es gäbe da schon eine Möglichkeit», setzt Dirksen zögerlich an. «Natürlich habe ich auch eine Mixtur erfunden, mit der man die Farbe wieder abbekommt. Was meinst du, wie oft mir bei der Entwicklung des Buches so eine Farbbombe um die Ohren geflogen ist? Allerdings wäre es ganz schlecht für den späteren Börsenwert meines Unternehmens, wenn sich das herumspricht. Die Produkteigenschaft ‹nicht entfernbare Farbe› ist ja der ganze Witz des Selfdefending Diary …»

«Wie gesagt: Egal zu welchem Preis», unterstreiche ich die Ernsthaftigkeit meines Angebots noch einmal.

Dirksen blickt mich einige Sekunden lang nachdenklich an. Schließlich knickt er ein. «Okay. Dann lass uns reingehen und es versuchen. Den Kaufbeleg hast du dabei?»

«Äh, nein.»

Eigentlich hatte er schon Anstalten gemacht, mit mir nach innen zu gehen, doch jetzt dreht er sich nochmals um und sieht mich zerknittert an. «Das ist schlecht. Sehr, sehr schlecht. Zum Mission Statement von Dirksen Security gehört natürlich auch die Verpflichtung, keinesfalls der dunklen Seite zu helfen. Du verstehst, was ich meine. Und ohne Beleg kann ich natürlich nicht ausschließen, dass du zur dunklen Seite gehörst.»

«Ich gehöre nicht zur dunklen Seite», versichere ich ihm. «Was auch immer das ist.»

Dirksen blickt mich prüfend an, dann entspannt sich sein Gesichtsausdruck. «Du hast recht. Du siehst so knuffig aus, du kannst nichts Böses im Schilde führen. Gehen wir rein.»

Im Inneren der Lagerhalle sieht es ungefähr so aus wie in Mathildas Zimmer. Zumindest, was den Grad der Unordnung angeht. Es gibt Regale mit fertig verpackten und zellophanierten Produkten, eine Packstation mit Versandkartons, einen Hubwagen und diverse Europaletten. Dirksen scheint nicht nur der CEO, CFO und CTO seiner

Firma zu sein, sondern auch sein eigener Lagerarbeiter und Versandchef. Der Bereich in der Mitte der Halle ist ganz offensichtlich der Entwicklung neuer Produkte vorbehalten. Dort liegen auf mehreren Werkbänken diverse Laptops, Kabelbäume, gelötete Platinen, Prototypen von Minikameras, Drohnen und vieles mehr.

Dirksen geht in den hinteren Teil der Halle, kramt in einem Metallspind und kommt schließlich mit einem kleinen Fläschchen sowie einem Tuch zurück.

«So, dann wollen wir mal. Augen zu!»

Er gibt etwas von der Flüssigkeit auf das Tuch und beginnt damit mein Gesicht abzutupfen. Es brennt wie Hölle. Doch innerhalb kürzester Zeit ist er mit der Behandlung fertig, hält mir einen kleinen Handspiegel entgegen und siehe da: Die Farbe ist vollständig verschwunden.

«Vielen, vielen Dank», sage ich überglücklich.

«Gern geschehen. Kann ich sonst noch was für dich tun?»

«Ich weiß nicht. Was genau bieten Sie überhaupt an?»

«Mein Kerngeschäft ist derzeit Digital Parenting. Und mein neuestes Produkt heißt Child Tracking.»

Dirksen überreicht mir einen Flyer. Ich lese: «Dirksens Child Tracking. Ein Service für besorgte Eltern. Du möchtest wissen, wo sich dein Kind aufhält, mit wem es spricht und vor allem: was es spricht? Dann ist Dirksens Child Tracking das ultimative Must-have für dich!»

«Hast du Kinder?», fragt der Jungunternehmer.

«Eine Tochter.»

«Wie alt?»

«Vierzehn.»

«Eieiei. Riskantes Alter. Da kann so viel passieren.»

«Weiß ich», erwidere ich und bemühe mich, nicht allzu besorgt zu wirken.

Dirksen nickt mitfühlend, macht dann eine kurze, dramaturgisch wichtige Pause und sieht mich mit aufmunterndem Gesichtsausdruck an. «Na, haste Interesse?»

«Ich weiß noch nicht», gebe ich zögernd zur Antwort. «Können Sie mir mehr über Ihr Child Tracking erzählen?»

Dirksen setzt sein strahlendstes Verkäuferlächeln auf. «Selbstverständlich. Es ist ganz einfach. Im Prinzip ist es so, dass du mittels einer von mir entwickelten App Zugriff auf alle relevanten Video-, Audio- und Bewegungsdaten hast, die sich auf dem Handy deiner Tochter befinden.»

«Mathilda hat noch gar kein Handy.»

«Was?!» Henner Dirksen wirkt ernsthaft schockiert. «Mit vierzehn?! Was denkt ihr Leute euch nur dabei? Wie sollen Kinder sich denn mit der Alltagstechnologie vertraut machen, wenn sie keinen Zugang dazu haben? Kein Wunder, dass der Innovationsstandort Deutschland in akuter Gefahr ist. Daran muss sich etwas ändern. Daran müssen wir alle etwas ändern, um auch in Zukunft unseren Lebensstandard halten zu können.»

«Wenn sie fünfzehn ist, bekommst sie eines, habe ich mit ihr vereinbart», bemerke ich, fast schon ein wenig kleinlaut nach diesem flammenden Plädoyer.

«Das ist zu spät», entgegnet der Jungunternehmer mit kategorischer Entschlossenheit. «Und übrigens: Wie kommuniziert deine Tochter jetzt überhaupt mit ihren Freundinnen? Denn von denen hat doch ganz sicher jede ihr eigenes Telefon. Die Arme muss sich ja regelrecht als Aussätzige auf dem Schulhof fühlen.»

Sehr ähnliche Argumente hatte Mathilda bei unseren unzähligen Diskussionen über dieses Thema auch gebraucht. Ich bin dennoch konsequent geblieben. War es ein Fehler? Jetzt, wo ich darüber nachdenke, wird mir auch bewusst, wie wenig sehr gute oder beste Freundinnen Mathilda eigentlich hat. Also solche, über die sie jeden Tag redet, die sie regelmäßig trifft, die oft bei uns sind und sie bei ihnen. Im Grunde gibt es da nur Annika. Und die kommt aus einem Elternhaus, in dem Strahlung grundsätzlich abgelehnt wird. In ihrem Zuhause gibt es weder Fernseher noch Radio, noch Mikrowelle, noch Föhn. Annikas Vater erscheint zu Elternabenden, wenn überhaupt, dann nur mit einem selbst gebastelten Aluhut, nachdem ihm nicht gelungen ist, durchzusetzen, dass alle Eltern ihre Handys in einen Bleicontainer legen und außerdem die Neonröhren von der Decke geschraubt werden. Hat meine Entscheidung tatsächlich so massiven Einfluss auf Mathildas Sozialleben?

Dirksen reißt mich aus meinen trüben Gedanken. «Schenk ihr so schnell wie möglich eines. Am besten noch heute. Ein Smartphone ist außerdem das wichtigste Überwachungstool überhaupt. Aber bevor du ihr eines schenkst, installieren wir meine App darauf, und ab dann bist du über alles Wesentliche im Leben deiner Tochter informiert. Zufällig habe ich noch ein iPhone da. Willst du's haben?»

«Ich ... äh ... weiß noch nicht ...», stammle ich, von dem rasant fortschreitenden Verkaufsprozess leicht überfordert.

«Na komm. Du willst doch deine Tochter beschützen können oder nicht? Es kann jederzeit was passieren. Auch heute schon.»

«Ich überlege es mir.»

«Vorschlag: Ich installiere meine App jetzt einfach mal auf dem iPhone und das Gegenstück dazu auf deinem, und du nimmst es einfach mit, und ich gebe dir 30 Tage, um alles in Ruhe zu testen. Und sollte es dir wider Erwarten nicht gefallen, dann gibst du mir das Telefon wieder und bekommst dein Geld zurück. Ist das ein fairer Deal, oder ist das ein fairer Deal?»

«Hört sich im ersten Moment schon so an, als wäre es ein fairer Deal, ja», sage ich zögerlich, was Dirksens Elan aber nicht zu bremsen vermag.

«Prima! Du wirst es nicht bereuen. Ich gebe dir mal 'ne kleine Einweisung. Es ist ganz einfach. Du gehst hier rein, und so kannst du dich dazuschalten.» Dirksen drückt diverse Schaltflächen in der App und sieht mich dabei immer an, so als würde er sich vergewissern wollen, dass ich meine Augen auch wirklich auf das Display gerichtet habe. «Entweder hörst du nur den Ton ab, oder du holst dir zusätzlich das Bild über ihre Kamera. Letzteres macht natürlich nur Sinn, wenn deine Tochter das Handy nicht in der Hosentasche hat. Das dürfte aber klar sein, oder?»

«Ja, ist klar», sage ich und setze dabei meinen Ja-ist-klar-Gesichtsausdruck auf.

Doch Dirksens Miene verrät, dass er kein rechtes Vertrauen in mein technisches Verständnis hat. «Also hier den Ton ein- und ausschalten. Ein. Aus. Ein. Aus. Ein. Aus. Ein. Aus. Ein ...»

«Danke, ich denke, ich habe das Prinzip jetzt begriffen», erwidere ich und merke gleichzeitig, dass ich langsam etwas pampig werde. So alt sehe ich doch wirklich nicht aus.

«Super!» Dirksen gibt mir feierlich mein Handy zurück. «Probier es doch einfach selbst mal aus.»

Ich nehme mein Smartphone in die Hand und spiele ein wenig mit der App herum.

«Beim nächsten Update ist dann auch die Ortung verfügbar. Dann kannst du auf der Karte sehen, wo sich deine Tochter gerade aufhält.»

Ich blicke auf das Smartphone in meiner Hand, und so langsam werde ich mir über das ganze Ausmaß der Möglichkeiten bewusst, die mir von nun an erziehungstechnisch zur Verfügung stehen könnten.

17

Zu Hause mache ich mich als Erstes daran, den Text aus Mathildas altem, mit hartnäckiger Farbe besudeltem Self-defending Diary in das neue, das mir Dirksen freundlicherweise als kostenlosen Bonus dazugelegt hat, zu übertragen. Denn nur so kann ich mein Eindringen in die Privatsphäre meiner Tochter auch wirklich vertuschen.

Erstaunlicherweise gelingt mir die Fälschung recht gut. In mir scheinen doch mehr unentdeckte Talente zu schlummern, als ich für möglich gehalten hätte. Ich lege das Tagebuch-Duplikat schließlich unter Mathildas Bett, verlasse das Zimmer und kann gerade noch die Tür schließen, als ich auch schon höre, wie meine Tochter in die Wohnung kommt. Zügig setze ich mich an den Küchentisch, greife mir eine Zeitschrift, in der ich dann interessiert blättere.

«Uuuuuuuund?», fragt Mathilda, kaum ist sie zur Tür herein.

«Was und?», erwidere ich betont nebensächlich, ohne von meiner Zeitschrift aufzublicken. In diesem Moment wird mir allerdings bewusst, dass ich gerade Bilder eines halb nackten Justin Bieber betrachte. Schnell schließe ich die Zeitschrift und lege sie beiseite.

«Mann, Papa! Was ist bei dem Test rausgekommen?»,

fährt Mathilda ungeduldig fort. «Du warst doch heute bei Frau Hackentrick oder nicht?»

«Ja, doch. War ich», laviere ich und versuche Zeit zu schinden, denn ich habe mir in all der Hektik noch gar nicht überlegt, wie ich ihr die enttäuschende Nachricht schonend beibringen könnte. «Also, es ist alles so weit in Ordnung. Du musst dir keine Sorgen machen.»

«Und das heißt jetzt?»

«Das heißt, dass du zwar sehr gut abgeschnitten hast, allerdings nicht so gut, dass man von Hochbegabung sprechen könnte.»

Mathilda schiebt die Unterlippe nach vorn und wirkt für einen Moment enttäuscht. Aber nur ganz kurz, dann hakt sie das Thema mit einem Schulterzucken ab. «Okay. Gut. Kein Ding.»

«Bist du traurig darüber?», frage ich vorsichtig.

«Nö. Ist halt so.» Sie setzt sich zu mir an den Tisch. «Eigentlich bin ich eher erleichtert. Als Hochbegabte hätte man, glaube ich, ziemlichen Stress. Und dann der Erwartungsdruck des Erziehungsberechtigten.» Sie blickt mich provozierend an. «Das hält nicht jede durch. Manch eine greift da schnell mal zu Alkohol und Tabletten.»

Bei mir schrillen innerlich alle Alarmglocken. «Wie? Was weißt du denn über Alkohol und Tabletten?»

«Eine Menge!», erwidert sie in angeberischem Tonfall.

«Nimmst du Drogen, Mathilda?», frage ich ernst und garantiert auch mit sichtbarer Panik im Blick.

«Mann, Papa, das war ein Witz!», erwidert sie stöhnend. «Für jemanden, der lustige Liebesromane schreibt, verstehst du manchmal echt ganz schön wenig Spaß.»

«Du nimmst also keine Drogen?», hake ich nach.

Mathilda wartet wortlos ab.

«Ich frage deshalb», setze ich zu einer Erklärung an, «weil Frau Hackenbeck mich gebeten hat, auf Ursachenforschung zu gehen. Wenn man die Hochbegabung nun ausschließen kann, was ist dann der Grund für deinen Leistungsabfall? Ihrer Meinung nach: familiäre Probleme oder Drogen. Familiäre Probleme haben wir ja keine, oder?»

«Nee, und Drogen leider auch nicht mehr. Äh, ich meine natürlich nie gehabt.» Sie grinst bis über beide Ohren.

«Mathilda, es ist jetzt nicht die Zeit für Witzchen. Wir führen ein ernstes Gespräch. Also, nochmals meine Frage: Hattest du schon mal Kontakt mit Drogen?»

«Natürlich hatte ich das», antwortet sie mit fester Stimme.

Mir hingegen versagt meine fast. «Was?»

«Ja, ich hatte bereits Kontakt mit Drogen, Papa. Wo lebst du denn? Ich bin vierzehn! Und das hier ist Berlin.»

Was natürlich wahr ist. Letztens im Park wurden sogar mir Drogen angeboten, und ich sehe nun wirklich nicht aus wie der typische Konsument.

«Und wie genau sah dieser Kontakt aus?», stammle ich, denn wenn ich ehrlich bin, habe ich eine andere Antwort erwartet oder zumindest erhofft.

«Na, ich hab an einem Joint gezogen.»

«Bitte was?» Meine Stimme ist schon wieder fast weg. «Ich hab mich wohl verhört?! Du hast an einem Joint gezogen? Wo? Wann? Mit wem?»

«Wo: im Park. Wann: vor ein paar Wochen. Mit wem: sag ich nicht.»

Ich blicke sie konsterniert an.

Mathilda genießt den Anblick sichtlich. Sie grinst mich weiterhin forsch an. «Komm, jetzt chill mal, Papa. Ich hab ein einziges Mal gezogen, weil ich wissen wollte, wie das schmeckt. Und dann nie wieder. Und gewirkt hat es sowieso nicht.»

«Ein einziges Mal hast du gezogen?», frage ich noch mal nach. «Und dann nie wieder etwas genommen? Kein Gras und auch sonst nichts? Kein Koks, Heroin, Morphium, Crystal Meth, Amphetamine, Barbiturate, Pilze, Lösungsmittel …?»

«Nein! Natürlich nicht! Ich will die Welt mit klarem Kopf erleben.»

Dieser letzte Satz könnte von mir sein. Beziehungsweise er ist es auch, denn ich habe ihn schon oft gebraucht. Dass Mathilda ihn sich nun zu eigen macht, erfüllt mich mit Genugtuung und Freude. Dann war meine Erziehung zumindest in diesem Bereich erfolgreich. Insofern es stimmt, was sie sagt. In ihrem Gesicht finde ich keinerlei Anzeichen, die dagegensprechen würden, also entscheide ich mich, ihr zu glauben, und lächle sie zufrieden und auch ein wenig stolz an.

Doch kurz darauf kommen die Zweifel zurück. Irgendeinen Grund muss der schulische Leistungsabfall doch haben, und die völlige Unkenntnis darüber ist schwer auszuhalten. Eigentlich wollte ich mir die Sache mit Dirksens Handy erst noch in Ruhe durch den Kopf gehen lassen, aber dieses drängende Gefühl der Hilflosigkeit bewegt mich dann doch dazu, zu meiner Tasche zu gehen und das iPhone herauszuholen. Meine Tochter bekommt ganz große Augen, als sie den charakteristischen Verpackungskarton sieht.

«Mathilda, ich habe ein kleines Geschenk für dich. Als Trostpflaster wegen des IQ-Tests sozusagen», sage ich und schiebe ihr den Karton über den Tisch. «Ich wollte es eigentlich noch einpacken, bin aber nicht mehr dazu gekommen …»

Mathilda öffnet die Verpackung und strahlt vor Glück wie selten in der jüngsten Vergangenheit. «Ein iPhone?! Wie geil ist das denn?»

«Ganz schön geil, würde ich mal sagen», antworte ich lässig, obwohl mir bewusst ist, dass Mathilda diese Frage natürlich nur rein rhetorisch gemeint hat.

Mein Kind springt auf, geht um den Tisch herum und fällt mir um den Hals. «Vielen, vielen Dank! Du bist der beste Vater der Welt!»

Und da ist er wieder, der so lange verschollene Satz. Der Satz der Sätze. Das Manna liebesbedürftiger Eltern auf Entzug.

Dass Mathilda mich jetzt so liebevoll umarmt, rührt mich einerseits natürlich sehr, andererseits macht sich mein schlechtes Gewissen jetzt umso deutlicher bemerkbar. Denn ich schenke ihr das Telefon ja ausschließlich aus dem Grund, sie besser überwachen zu können.

Meine Überlegungen werden aber unterbrochen. Mathilda löst sich aus der Umarmung, bringt erst das Geschenk in Sicherheit und blickt mich danach nervös mit ihrem mehrfach erprobten Hundeblick an.

«Papa, ich muss dir noch was sagen», beginnt sie schließlich zögernd. «Ich habe schon wieder eine schlechte Note bekommen. Dieses Mal ist es sogar eine Fünf. In Chemie ... Es ist aber die letzte. Versprochen.»

Da ich diese Information ja bereits habe, bringt sie mich jetzt auch nicht mehr aus der Fassung, sondern ich kann meine Tochter milde anblicken, ihr beruhigend die Hand auf die Schulter legen und mit sonorer Stimme antworten: «Nicht so schlimm. Hauptsache, du bist gesund.»

18

Am nächsten Morgen – nachdem Mathilda unsere Wohnung verlassen hat – starre ich auf mein Telefon und hadere mit mir, ob ich das Child Tracking jetzt tatsächlich ausprobieren sollte oder lieber nicht.

Vielleicht sollte ich damit warten, bis wirklich mal ein Notfall eintritt, denn so ganz richtig fühlt es sich natürlich nicht an, sein Kind auf diese Weise zu überwachen. Andererseits, sollte es echte Probleme geben, weiß ich natürlich nicht, wie die App funktioniert, wenn ich sie nicht vorher getestet habe, und das könnte wertvolle Zeit kosten. Oder es wäre auch möglich, dass die App – aufgrund eines Softwarefehlers zum Beispiel – dann gar nicht funktioniert, wenn ich sie benötige. Und dann stehe ich dumm da.

Ganz genau.

Starke Argumente, wie ich finde, die dafürsprechen, das Child Tracking in seinem gesamten Funktionsumfang ausgiebig zu testen, damit im Ernstfall auch wirklich nichts schiefläuft.

Ich starte die App, klinke mich in Mathildas Telefon ein und höre: Schritte. Und weitere Schritte. Und noch mehr Schritte.

Okay, bis jetzt hält sich der Erkenntnisgewinn in Grenzen. Auch das Zuschalten der Kamera bringt außer einem schwarzen Bild keine neuen Informationen. Ich sollte vielleicht warten, bis Mathilda zumindest ihre Schule erreicht hat. Also klinke ich mich erst mal wieder aus.

8:07 Uhr schalte ich wieder ein.

«... wenn die Hypotenuse und der Umfang bekannt sind, können die Katheten wie folgt berechnet werden», höre ich eine nasale, monotone Stimme sagen, die ich Mathildas vollbärtigem Mathematiklehrer Herrn Lohbart zuordne.

Zur Erinnerung: Herr Lohbart ist derjenige, den ich letzte Woche fast mitsamt seinem Elektrovelo umgefahren habe und der Frau Hackenbeck beim letzten Schüler-gegen-Lehrer-Match mit seinem Gesicht den Assist für das spielentscheidende 1:0 gegeben hat. Ob die undeutliche Aussprache schon vorher da war oder erst durch den hammerharten Schuss verursacht wurde, kann ich nicht beurteilen.

«Bekannt ist: Hypotenuse gleich 80 cm, Winkel α gleich 90°, Umfang gleich 192 cm. Daraus folgt $a + b = 112$ cm und $a^2 + b^2 = 80^2$. $a = 112 - b$. $(112 - b)^2 + b^2 = 80^2$. Klammer mit Binom lösen. Das ergibt ...»

Dieses Genuschel ist so unfassbar reizlos, dass ich tatsächlich kurz auf dem Sofa einnicke. Als ich wieder aufwache, ist Herr Lohbart immer noch dabei, in exakt derselben Stimmlage etwas zu erklären. Ich schalte ab, gehe ins Bad und wasche mein Gesicht mit kaltem Wasser, um wieder einigermaßen klar im Kopf zu werden.

9:55 Uhr. Handy raus. Child Tracking an. Ich höre Schritte. Dann Straßengeräusche. Dann Einkaufswagengeklapper.

Zumindest vermute ich, dass es das ist. Dann leise Hintergrundmusik.

Ich werde stutzig. Ein Blick auf Mathildas Stundenplan, der über meinem Schreibtisch hängt, sagt mir, dass jetzt eigentlich Biologie wäre. Ich schalte die Kamera ein, Bild bleibt aber wieder fast schwarz. Ich probiere die Ortungsfunktion der App aus, doch durch eine Fehlermeldung werde ich informiert, dass diese erst mit dem nächsten Update kommen wird.

Ich bin zuversichtlich, dass ein Anruf im Sekretariat der Schule Klarheit bringen wird.

«Der Herr Richter ist mal wieder krank», teilt mir die Schulsekretärin Frau Hohenlohe mit enttäuschtem Tonfall in der Stimme mit. «Und deswegen fällt sein Unterricht mal wieder aus. Das ist jetzt schon die dritte Reinfektion bei dem Herrn Richter. Als Biologielehrer müsste man doch eigentlich wissen, wie man sich vor Viren schützt. Meine Meinung. Aber ich bin ja nur die im Sekretariat.»

Ich erkundige mich, was die Klasse 9b denn jetzt stattdessen macht.

«Na, die haben jetzt betreute Hausaufgabenzeit.»

Wie betreute Hausaufgabenzeit hörte sich das eben aber nicht an. Ich beende das Telefonat und klinke mich wieder ins Child Tracking ein.

Dieses Mal habe ich Bild. Mathilda befindet sich in einem Drogeriemarkt, setzt sich Sonnenbrillen auf und macht davon Selfies. Neben den Brillen probiert sie auch diverse Gesichtsausdrücke aus, die sie vermutlich für cool, lustig oder beides zugleich hält. Ich bin ein wenig peinlich berührt und froh, dass irgendwann eine Verkäuferin dazukommt und sie mit verkniffener Miene vom Sonnenbrillenständer vertreibt.

Mathilda schlendert weiter durch den Laden, behält das Smartphone dabei aber in der Hand, sodass ich sehen kann, wie sie sich diverse Schminkutensilien ansieht, kleine Pröbchen in ihren Korb legt und am Ende ihrer Tour nach einer Packung Tampons greift.

Dass sie ihre Hygieneartikel selbst besorgen darf und dafür auch noch eine Taschengelderhöhung bekommt, hat Mathilda mir letztes Jahr in einer mehrtägigen Diskussion abgerungen. Ich wusste zwar genau, welches das beste Produkt mit dem besten Preis-Leistungs-Verhältnis ist, schließlich hatte ich zuvor ausgiebig Testberichte studiert, aber meine Tochter weigert sich seitdem standhaft, mit mir jemals wieder über dieses Thema zu sprechen. Begründung: zu peinlich.

Mathilda ist mittlerweile an der Kasse. Bild habe ich zwar keines mehr – offenbar hat sie ihr Handy zurück in die Tasche gesteckt –, die Audioqualität ist aber nach wie vor einwandfrei.

Ich höre das Piepen des Barcode-Scanners.

«Etwa keine Sonnenbrille gefunden?», höre ich die Verkäuferin in leicht schnippischem Ton sagen.

«Doch. Aber ich kann mich noch nicht entscheiden», erwidert Mathilda ruhig und unbeeindruckt.

«Na, du bist ja eh jede Woche mindestens zweimal da. Dann beim nächsten Mal. Gehören die Kondome auch dazu?»

«Ja, die gehören auch dazu», antwortet Mathilda wie selbstverständlich.

Ein kurzer weißer Blitz durchzuckt meinen Kopf. Ich bekomme erst ein Pfeifen im Ohr, dann Schnappatmung.

Kondome?! Für was zum Teufel kauft Mathilda Kondome?! Hab ich irgendwas verpasst? Um daraus Wasserbomben zu machen, ist sie ein wenig zu alt. Hat sie einen Freund, von dem ich nichts weiß? Das kann nicht sein. So etwas würde sie niemals vor mir verheimlichen. Oder etwa doch? Mein Puls schlägt bis zum Hals.

Ich lege das Smartphone zur Seite und versuche, mich durch Atemübungen zu beruhigen. Einatmen. Ausatmen. Einatmen. Ausatmen.

Nach zehn Minuten ist mein Puls wieder auf ein einigermaßen normales Level herunter, und auch mein Kopf funktioniert wieder. Zumindest in Teilen. Ich beschließe, dass ich ganz einfach abwarte, bis Mathilda nach Hause kommt, und dann ein ganz ruhiges und sachliches Gespräch mit ihr führe. Ganz genau. Wie zwei Erwachsene. Guter Plan.

Ich versuche, die Zeit bis dahin mit sinnfreien Tätigkeiten totzuschlagen, denn an Arbeiten ist natürlich unter diesen Bedingungen heute mal wieder nicht zu denken.

Um 15:02 Uhr habe ich die Wohnung blitzeblank geputzt, Vorräte für die nächsten vier Wochen gekauft, den Gefrierschrank enteist und sogar den Keller entrümpelt. Jetzt gehen mir die Ideen aus. Also klinke ich mich ein weiteres Mal in Mathildas Leben ein.

Ich höre: Schritte. Schon wieder. Hat sie womöglich eine unentdeckte Wanderleidenschaft?

Mich beunruhigt, dass sie schon wieder nicht im Unterricht sitzt. Laut ihrem Stundenplan hätte sie jetzt eine Doppelstunde Geschichte. Ich rufe also erneut im Sekretariat der Schule an.

«Nein, die 9b hat Dienstagnachmittag immer frei», erklärt mir Frau Hohenlohe unaufgeregt.

«Wie frei?», frage ich verwundert. «Ich dachte, sie haben jetzt eine Doppelstunde Geschichte.»

«Nein, Dienstagnachmittag hat die 9b immer frei», wiederholt die Schulsekretärin noch einmal, als ob es dadurch für mich verständlicher werden würde.

«Okay. Dann habe ich wohl eine nicht mehr aktuelle Version», stelle ich mit nachdenklichem Blick auf den Stundenplan fest.

«Die 9b hat schon immer Dienstagnachmittag frei. Jede 9. Klasse der vergangenen zehn Jahre. Mindestens zehn Jahre. Wenn nicht sogar länger», klärt mich die Frau am anderen Ende der Leitung auf.

«Okay. Na ja, dann weiß ich auch nicht», stammle ich vor mich hin. «Könnten wir vielleicht den Stundenplan, den ich besitze, mal mit dem offiziellen vergleichen?»

Frau Hohenlohe ist so nett. Am Ende unseres Gesprächs haben wir eine weitere Stelle ausfindig machen können, die nicht mit den tatsächlichen Gegebenheiten übereinstimmt. Donnerstagnachmittag endet Mathildas Unterricht ebenfalls schon früher, als mir bisher bekannt war.

Ich bedanke mich, lege auf und betrachte irritiert die Kopie von Mathildas Stundenplan, die sie mir zu Beginn des Schulhalbjahres ausgehändigt hat. Wie kann das sein? Ich kann es mir beim besten Willen nicht erklären.

Bei längerer Inspektion des Blattes fallen mir jedoch einige Unregelmäßigkeiten auf. Ich nehme eine Lupe zur Hand und sehe mir das Blatt genauer an. Und tatsächlich: An besagten Nachmittagen scheint die Kopie manipuliert und die zusätzlichen Unterrichtsstunden hinzugefügt worden zu sein. Die Fälschung ist sehr gut gemacht und deshalb auf den ersten Blick nicht zu erkennen. Erst bei genauerer Betrachtung sieht man, dass zwar eine sehr ähnliche, aber eben nicht die exakt gleiche Schriftart verwendet worden ist.

Ich bin fassungslos. Wieder sollte ich bewusst getäuscht werden.

19

16:44 Uhr. Ich höre, wie die Wohnungstür aufgeschlossen wird und Mathilda hereinkommt. Ich sitze seit einer Stunde wie versteinert am Küchentisch und warte.

Schließlich kommt sie in den Raum geschlendert. «Hallo!»

«Hallo», erwidere ich bemüht nonchalant.

«Na, nichts zu tun?»

«Kurze Pause.»

Mathilda betrachtet mich nickend, nimmt sich dann einen Joghurt aus dem Kühlschrank und setzt sich zu mir an den Tisch.

Fühlt sich wohl ziemlich sicher, die Kleine. Aber das wird sich bald ändern.

So unauffällig wie möglich beginne ich mit der Befragung. «Na, wie war dein Tag?»

«Gut.»

«Wie war Mathe?»

«Wie immer? Herr Lohbart ist so ein Schnarchsack. Ohne Koffein ist das nicht durchzustehen.»

Ich nicke und gebe ihr insgeheim recht. «Und Deutsch?»

«Deutsch war gut. Wir haben einen Film geschaut.»

«Und Bio?»

Mathilda blickt mich stirnrunzelnd an. «Heute willst du es aber ganz genau wissen, oder?»

«Ja», erwidere ich ernst.

Jetzt kommt's. Wenn sie mich jetzt anlügt, habe ich sie.

«Bio ist ausgefallen. Ich war Einkaufen.»

«Okay», sage ich, bin mir dabei aber nicht sicher, ob ich nun enttäuscht oder erleichtert sein soll. «Aber dürft ihr überhaupt das Schulgelände verlassen während einer Freistunde?»

«Nee, eigentlich nicht. Aber da sagt keiner was. Die Drogerie ist ja auch gleich nebenan.»

«Okay. Und ... was hast du gekauft?»

Sie blickt mich spöttisch an. «Tampons, Papa! Aber die, die im Test nur auf dem vierten Platz waren.»

Ich gehe nicht auf die kleine Stichelei ein, sondern behalte mein Ziel im Auge. «Und, was hast du noch gekauft?»

«Handcreme, Gesichtswasser, Duschgel. Aber alles als Probe.» Sie macht eine bedeutungsschwangere Pause. «Und Kondome!»

Sie lässt ihre Worte wirken und blickt mir dabei frech ins Gesicht.

Ja, geht's noch? Wie dreist ist das denn?

«Aber die waren nicht für mich, sondern für Annika», fährt sie schließlich in beruhigendem Ton fort.

«Wie? Du hast Kondome für deine Freundin gekauft?», frage ich ungläubig. «Warum?»

«Weil sie ein kleiner Schisser ist und sich nicht getraut hat.»

Ein Freundschaftsdienst für ihre beste Freundin also. Aha. Das wäre eine plausible Erklärung.

«Und für was braucht deine Freundin Annika die Kondome?»

«Hm, Papa, jetzt überleg mal. Für Sex vielleicht? Damit sie nicht schwanger wird vielleicht?»

«Sie ist doch auch erst vierzehn oder nicht?»

«Sie ist fünfzehn. Aber auch mit vierzehn kann man schon Sex haben.»

«Kann man nicht! Weder mit vierzehn noch mit fünfzehn. Wenn zwei Menschen miteinander schlafen wollen, brauchen sie eine gewisse Reife. Und ich meine damit die geistige Reife und die der Gefühle.»

Mathilda gibt sich wenig beeindruckt. «Geht wohl auch ohne Reife, sagt zumindest Annika. Sie meint, Nic, also ihr Freund, ist ziemlich unreif, weil er den ganzen Tag nur PlayStation spielen will, aber er fickt wohl gut!»

«Mathilda!», rufe ich entsetzt, und mir wird dabei ein ganz klein wenig schwindelig. «Wir verwenden dieses Wort hier nicht!»

«Das habe ja nicht ich gesagt, sondern Annika.»

«Trotzdem! Wir sagen nicht ‹ficken›. Das ist vulgär.»

«Ja, okay, dann sag ich halt bumsen.»

«Auch nicht.»

«Was denn dann?»

«Miteinander schlafen.»

«Okay, kein Problem. Ist zwar ein bisschen lame, aber dann sage ich halt ‹miteinander schlafen›.»

Ich sehe Mathilda an und kann es noch immer nicht fassen. Letzte Woche haben wir uns noch über ihr Lieblingskuscheltier unterhalten, und jetzt haben wir eine Diskussion darüber, was das geeignetste Synonym für «ficken» ist.

«So, Annika hat also einen Freund.»

«Nic.»

«Und die beiden schlafen miteinander?»

«Ja. Und sie tun das, ohne dich vorher zu fragen. Verrückt, oder?»

«Wissen ihre Eltern davon?»

«Ich denke schon.»

«Und wenn ich sie anrufe?»

«Mach doch.»

«Und warum kauft eigentlich nicht der Junge die Kondome?»

«Weil sie es sich teilen, Papa. Wir leben in einer Emanzipation. Da teilt man sich solche Sachen auf.»

«Wir leben in einer Emanzipation, so, so», sage ich und blicke sie dabei spöttisch an. «Ist das eine Wortneuschöpfung von dir?»

Sie wird ein bisschen rot. «Du weißt schon, was ich meine.»

Ich atmet tief durch, sammle mich und stelle dann die Frage aller Fragen: «Mathilda, ich möchte gern etwas von dir wissen, und ich erwarte von dir eine klare Antwort auf meine Frage. Ohne viel Trara und ohne dass du mir ausweichst. Können wir das so machen?»

Mathilda zuckt mit den Schultern, was ich als Einwilligung verbuche.

Ich fixiere sie mit meinem messerscharfen Blick. «Also. Triffst du dich heimlich mit einem Jungen?»

Sie blickt mich erschrocken an. «Was? Warum fragst du denn so was? Nein, natürlich nicht!»

«Wo warst du dann eben?»

«Na, in der Schule. Wo sonst?»

«Doppelstunde Geschichte?»

«Ja. Genau. Doppelstunde Geschichte.»

Ich nicke, stehe auf, hole den Stundenplan und lege ihn wortlos auf den Tisch.

Mathildas rechtes Augenlid beginnt vor Nervosität zu zucken.

Ich setze mich wieder und versuche, Ruhe zu bewahren. «Mathilda, ich habe in der Schule angerufen, und man sagte mir, dass du heute keinen Unterricht hattest ... So wie jeden Dienstag. So wie jeden Donnerstag.»

Mathilda wird immer kleiner in ihrem Stuhl.

«Darüber habe ich mich sehr gewundert, denn auf diesem Stundenplan, den du mir gegeben hast, steht es ja ganz anders. Und dann habe ich ihn mir mal genauer angesehen und musste feststellen, dass ihn irgendwer verändert hat.»

«Echt, ja?», bringt Mathilda jetzt nur noch sehr, sehr leise heraus. Töne am Rande der Hörschwelle.

«Echt! Ja!», entgegne ich umso lauter, nehme mich dann aber sofort wieder zusammen und fahre leiser, aber nicht weniger eindringlich fort: «Mathilda, ich frage dich jetzt ein einziges Mal und erwarte eine ehrliche Antwort von dir: Wo warst du gerade eben?»

Mathilda bekommt feuchte Augen, weigert sich aber immer noch, es mir zu sagen.

«Sag es mir bitte! Und zwar jetzt!», sage ich eindringlich und sehe sie beschwörend an. «Mathilda! Jetzt! Ich will es jetzt wissen!»

«Bei Mama», platzt es schließlich aus ihr heraus. «Ich war bei Mama auf dem Friedhof. So wie jede Woche.»

Schlagartig verstumme ich und starre meine Tochter bewegungslos an.

Ihr Ton lässt keinen Zweifel am Wahrheitsgehalt ihrer Aussage zu. Wir beide gehen oft gemeinsam an Isas Grab. Ein, zwei Mal im Monat, manchmal öfter. Dass sie darüber hinaus auch allein dort ist, war mir bisher nicht bewusst. Ja, ich habe an diese Möglichkeit nicht mal gedacht.

Mathilda unterbricht die Pause und setzt zu einer Erklärung an. «Ich gehe dort immer hin, weil es der einzige Ort ist, an dem ich Ruhe finde. Ich kann da gut nachdenken. Manchmal mache ich da sogar auch Hausaufgaben. Und – es ist zwar ein bisschen peinlich, aber – ich rede auch mit Mama, und sie antwortet mir auch.»

«Es ist kein bisschen peinlich», erwidere ich tonlos, mittlerweile mit einem gehörigen Kloß im Hals. «Ganz und gar nicht peinlich.»

Mathilda sieht mich traurig an, senkt dann den Kopf. «Außerdem gehe ich dorthin, weil ich Mama immer noch sehr vermisse. Und auch wenn ich weiß, dass sie tot ist, habe ich das Gefühl, ihr wenigstens ein bisschen näher zu sein als sonst irgendwo.»

Ich schäme mich in Grund und Boden. Wie konnte ich nur davon ausgehen, dass ich der Einzige bin, der noch unter Isas Tod leidet?

Frau Hackenbeck war mit ihrer Vermutung bezüglich der Ursachen von Mathildas Leistungsabfall also doch auf der richtigen Fährte: familiäre Probleme.

Mit einem Mal kommen mir fast die Tränen, und ich spüre den dringenden Impuls, mein Kind zu umarmen.

20

«Du hörst das Telefon deiner Tochter ab?!», fragt Gudrun entsetzt, als sie mir meine Tagessuppe bringt.

«Abhören würde ich das jetzt nicht nennen», versuche ich abzuwiegeln.

«Sondern? Belauschen? Bespitzeln? Informationen abschöpfen? Das sind Stasi-Methoden, die du da anwendest.»

Zum wiederholten Mal, und das auch noch innerhalb kürzester Zeit, werde ich mit einem Unrechtsregime verglichen. Das ist nicht schön und, wie ich finde, auch nicht zutreffend.

Ich versuche Gudrun mit einer beschwichtigenden Geste zu beruhigen. «Es ist wirklich nur zu Mathildas Besten. Ich bin ihr Vater, und es ist meine Pflicht, sie vor allem Übel dieser Welt zu beschützen.»

Gudrun wirkt weiterhin recht aufgebracht. «Auch wenn du versuchst, dir das einzureden. Es ist nicht zu ihrem Besten. Lass sie in Ruhe und kümmere dich um dein eigenes Leben.»

«Och, Gudrun», sage ich und merke, wie ich langsam etwas pampig werde. «Mathilda ist mein Leben. Außerdem: Ich hab dir von der Sache erzählt, weil du meine Freundin bist und ich gehofft hatte, von dir Hilfe in Form eines gut durchdachten Ratschlages zu bekommen. Stattdessen hältst du mir jetzt so eine Standpauke. Das ist nicht schön.»

«Nein, es ist nicht schön. Aber was du mit ihr machst, ist auch nicht schön», fährt sie, ein wenig sanfter im Ton, fort. Dann atmet sie einmal tief durch und setzt sich zu mir an den Tisch. «Du möchtest also einen gut durchdachten Ratschlag von mir hören?»

«Ja, ich bitte darum.»

«Dann pass auf.» Gudrun nimmt meine Hände in die ihren und spricht leise, aber nicht weniger eindringlich zu mir. «Mein gut durchdachter Ratschlag lautet: Sucht euch Hilfe.»

«Hilfe für was?», frage ich unschuldig.

«Hilfe für den Kopf. Geht zu einem Psychologen. Sprecht über eure Probleme mit jemandem, der sich damit auskennt. Daran führt meiner Meinung nach kein Weg vorbei.»

Ich blicke Gudrun an und weiß, dass sie recht hat. Aber sagen kann ich ihr das natürlich nicht. Es würde den ungeschriebenen Regeln unserer Freundschaft fundamental entgegenlaufen, wenn ich das täte, denn sie basiert auf spielerischem Konflikt und nicht auf Konsens, und so sage ich: «Quatsch. Psychologen sind doch was für Bekloppte.»

«Ich war auch schon mal bei einem Psychologen.»

«Ich weiß», sage ich trocken, während ich innerlich grinse.

Gudrun verdreht die Augen und verschwindet dann kopfschüttelnd in Richtung Küche.

Unmittelbar nach Isas Tod hatte ich bereits mit dem Gedanken gespielt, für Mathilda und mich professionelle Hilfe zu organisieren. Umgesetzt habe ich dieses Vorhaben allerdings nicht. Warum, weiß ich nicht mehr. Vermutlich, weil wir zu der Zeit niemanden an uns heranlassen wollten und uns von unserer Umwelt mehr oder weniger komplett abgekapselt haben. Gut, richtiger wäre: Ich wollte niemanden an uns heranlassen, und ich habe mich abgekapselt. Mathilda war noch zu klein, um eigene Entscheidungen zu treffen.

Es hätte ihr aber sicherlich geholfen, besser mit dem Verlust fertigzuwerden, wenn sie damals mit jemand anderem als mir über ihre Gefühle gesprochen hätte. Und vielleicht würde es ihr heute ja auch noch helfen.

Am Nachmittag spreche ich mit Mathilda über diesen Vorschlag.

«Also, Frau Hackenbeck hat mir den Tipp gegeben, doch mal bei einer Psychologin vorstellig zu werden ...»

«Bitte was? Weswegen denn?»

«Ich denke, es ist nie verkehrt, einfach mal jemanden Neutralen zu haben, mit dem man sprechen kann. Probleme hat ja jeder irgendwie. Kleinere oder größere. Und allein darüber reden hilft ja schon manchmal. Na ja ... Was meinst du? Könntest du dir vorstellen, mit einem Psychologen oder einer Psychologin zu sprechen?»

Mathilda blickt mich sehr lange sehr nachdenklich an. Schließlich beginnt sie leicht zu nicken. «Okay. Einverstanden. Aber nur, wenn du auch mitmachst. Eine Therapie würde auch dir helfen.»

Gut, da hat meine Kleine jetzt aber etwas gründlich missverstanden. Mitkommen werde ich auf jeden Fall. Mitmachen wohl eher nicht, denn es geht ja schließlich nicht um mich, sondern um sie. Um unseren innigen Moment nicht zu unterbrechen, belasse ich es aber bei einem sanften Lächeln und einem Nicken.

Wenig später krame ich die Visitenkarte hervor, die mir Frau Hackenbeck gegeben hat und die ich entgegen meiner ursprünglichen Absicht doch nicht weggeworfen habe: «Dr. Antje Bruchshagen-Dommstedt, Kinder- und Jugendpsychologin, Diagnostik – Therapie – Familiencoaching».

Ich rufe dort an, mache mir aber zugleich wenig Hoffnung, dass nach 16 Uhr überhaupt jemand abnimmt, geschweige denn, dass ich zeitnah einen Termin bei ihr bekomme.

Doch mit beiden Annahmen liege ich falsch. Die Psychologin nimmt persönlich ab und bietet mir einen Termin für morgen Nachmittag an.

21

Frau Dr. Antje Bruchshagen-Dommstedt sieht so aus, wie mich der Name vermuten ließ. Mitte fünfzig, streng wirkendes Kostüm, Brille im Fünfziger-Jahre-Cateye-Stil, schnörkellos in ihrer Wortwahl, aber im Großen und Ganzen recht sympathisch.

Als Erstes möchte sie mit der Anamnese beginnen und dazu sowohl Mathilda und mich zusammen als auch jeden von uns einzeln anhören. Nach unserer gemeinsamen Schilderung, wie es uns nach Isas Tod ergangen ist, mache ich den Anfang, und Mathilda nimmt währenddessen im Wartezimmer Platz.

Ich erzähle Frau Dr. Bruchshagen-Dommstedt von Mathildas Leistungsabfall in der Schule und davon, dass ich der Meinung bin, die Ursache dafür zu kennen, nämlich die nach wie vor unverarbeitete Trauer über den Tod ihrer Mutter. Die Therapeutin hört mir aufmerksam zu, nickt hin und wieder und macht sich einige wenige Notizen. Ich schildere unseren Alltag, sie stellt mir ein paar Fragen, möchte einige Dinge noch konkreter wissen, und dann bin ich auch schon fertig.

Danach ist Mathilda an der Reihe, und ich warte draußen, während ich mich in meiner Lieblingsdisziplin übe:

Geduld. Doch das will mir nicht so recht gelingen, und so hole ich mein Handy hervor und spiele mit dem Gedanken, die Child-Tracking-App zu öffnen und Mäuschen zu spielen. Bei der Gelegenheit fällt mir allerdings ein, dass ich meine Kopfhörer gar nicht dabeihabe, und wenn ich den Lautsprecher benutze, könnte die Sprechstundenhilfe ebenfalls alles mit anhören, was vielleicht nicht so gut wäre. Die würde sicher petzen bei Frau Doktor.

Nach einer gefühlten Unendlichkeit geht die Tür zum Sprechzimmer auf, und ich werde wieder hineingebeten.

«Herr Schulz», beginnt Frau Bruchshagen-Dommstedt unmittelbar. «Die Anamnese ist hiermit abgeschlossen, und ich habe einige erhellende Einsichten in Ihren Alltag gewinnen können. Vielen Dank dafür.»

Sie zeigt auf den Notizblock, und zu meiner Überraschung ist das oberste Blatt bis auf das letzte Fleckchen vollgeschrieben. Was hat Mathilda denn bitte so Interessantes erzählt? Ich bemühe mich, die krakelige Schrift zu entziffern, doch es gelingt mir nicht.

«Dies ist mein Vorschlag für das weitere Vorgehen», fährt die Therapeutin fort und wendet sich nun ausschließlich an mich.

«Ihre Tochter Mathilda ist ein normaler Teenager mit normalen Problemen und für ihr Alter normalen Bedürfnissen. Ich halte sie für sehr robust und durchaus in der Lage, auch auf so traumatische Ereignisse wie den Tod der Mutter adäquat zu reagieren und eigene Strategien zu entwickeln, damit umzugehen. Und besonders vor dem Hintergrund, da dieses Ereignis ja nunmehr bereits fast zehn Jahre in der Vergangenheit liegt. Aus meiner Sicht besteht da momentan eher eingeschränkter Handlungsbedarf.»

«Okay», sage ich irritiert.

«Ganz anders sieht das bei Ihnen aus, Herr Schulz», fährt Frau Bruchshagen-Dommstedt fort.

«Bei mir?», frage ich überrascht und auch ein klein wenig erheitert.

Doch Frau Dr. Bruchshagen-Dommstedts Gesichtsausdruck bleibt ernst. «Aus den Erzählungen Ihrer Tochter folgere ich, dass doch einiges im Argen liegt und das innerfamiliäre Verhältnis belastet. Ich würde deshalb vorschlagen, dass ich mich in der ersten Zeit ausschließlich mit Ihnen beschäftige und erst später Mathilda wieder dazuhole. Was halten Sie davon?»

«Genauso machen wir es!», grätscht Mathilda dazwischen, noch bevor ich überhaupt Luft holen kann.

Die beiden lächeln sich an und nicken synchron.

«Ähm, also ich halte ehrlich gesagt davon nicht allzu viel», gebe ich schließlich den Spielverderber.

«Komm, Papa, das tut dir bestimmt gut», versucht Mathilda mich zu überreden.

«Ihre Tochter hat recht, Herr Schulz», sagt die Therapeutin. «Es würde Ihnen guttun, und es hätte natürlich auch spürbar positive Auswirkungen auf Ihr innerfamiliäres Gefüge, wenn wir an ein paar Ihrer Fragestellungen arbeiten würden.»

«Und was für ‹Fragestellungen› sollen das bitte sein?», frage ich pro forma, denn ich habe ganz sicher nicht vor, an irgendwas zu arbeiten und schon gar nicht an Fragestellungen.

Frau Dr. Bruchshagen-Dommstedt beugt sich ein wenig mehr in meine Richtung, lächelt mich sanft an und fährt dann mit ruhiger Stimme fort: «Zu einem echten Abschluss der Trauerphase gehört zum Beispiel, wieder mehr Gefühle zulassen zu können.»

«Ich lasse Gefühle zu», erwidere ich. «Letztens habe ich mich zum Beispiel an einem Topf verbrannt und das Gefühl des Schmerzes lautstark in Form eines Schreis zugelassen.»

Frau Bruchshagen-Dommstedt verzieht keine Miene. «Sich über diese Dinge lustig zu machen ist auch eine Verdrängungsstrategie, darüber sind Sie sich sicherlich im Klaren.»

Ertappt. Ich versuche nicht zu lächeln, doch das will mir nicht gelingen.

Die Therapeutin macht sich eine weitere kleinere Notiz. «Auch daran sollten wir arbeiten. Und ganz besonders möchte ich mit Ihnen gemeinsam erreichen, dass es Ihnen leichter fällt, Ihrer Tochter mehr Freiraum zu geben. Das Überbehüten eines Kindes kann in vielerlei Hinsicht problematisch sein. Meiner Meinung nach ist die allumfassende Kontrolle, die Sie gegenüber Ihrer Tochter ausüben, die eigentliche Ursache für Mathildas Konzentrationsstörungen im Unterricht.»

«Frau Dr. Bruchshagen-Dommstedt», sage ich ernst, «ich danke Ihnen für Ihre Zeit, aber ich denke, wir werden Ihre Dienste nicht weiter in Anspruch nehmen.»

Dr. Bruchshagen-Dommstedt nickt und lächelt. Sie wirkt nicht sonderlich überrascht. «Sie müssen jetzt noch keine Entscheidung treffen, Herr Schulz. Lassen Sie es sich in Ruhe durch den Kopf gehen, und wenn Sie Ihre Meinung ändern sollten, lassen Sie es mich einfach wissen.»

«Mache ich. Wiedersehen.» Ich gebe Frau Bruchshagen-Dommstedt die Hand und schiebe dann meine Tochter aus dem Sprechzimmer.

Als wir die Praxis verlassen haben und gemeinsam im Aufzug stehen, blickt mich Mathilda eindringlich an. «Also ich fand die gut, und es wäre sicherlich nicht verkehrt, wenn du da wieder hingehen würdest.»

«Ich weiß, dass du das findest, aber ich denke nicht, dass ich das tun werde. Dass wir mit jemandem über uns sprechen, kann durchaus sinnvoll sein. Aber dieser jemand sollte nicht unbedingt von vornherein mich für das Problem halten. Ich kann mich ja mal nach anderen Therapeuten umschauen.»

«Und wenn es die anderen auch tun? Ich meine, dich für das Problem halten ...»

Diese Möglichkeit habe ich natürlich schon mal in Betracht gezogen, aber schnell wieder verworfen. Dass ich der Verursacher von Mathildas Konzentrationsproblemen und den damit verbundenen schlechten Noten sein soll, halte ich dann doch für zu abwegig.

22

Am nächsten Morgen, nachdem Mathilda die Wohnung verlassen hat, setze ich mich wieder mal an den Schreibtisch, versuche meine Gedanken zu ordnen und ein wenig zu arbeiten. Genauer gesagt, viel zu arbeiten, denn es gibt einiges aufzuholen. Wenn ich nur daran denke, bekomme ich schon Panik.

Zu allem Überfluss ruft dann auch noch Heiko an, so als hätte er meine Verzweiflung gewittert.

«Heiko!», sage ich laut und zackig anstatt einer Begrüßung.

«Sebastian, guten Morgen.»

«Guten Morgen.»

«Ich hoffe, ich störe nicht», sagt Heiko vorsichtig.

«Nein, nein, ganz und gar nicht. Was gibt's?»

«Okay, deinem Ton nach zu urteilen, steht dir heute nicht so der Sinn nach Smalltalk, oder?», mutmaßt Heiko weiter.

«Das ist korrekt.»

«Gut, dann springe ich direkt zum eigentlichen Anliegen meines Anrufs.» Pause. Luft holen. Spannungsaufbau. Dann etwas gepresst: «Wann gibt es denn endlich etwas zu lesen?»

«Bald, Heiko. Bald», sage ich in dem beruhigenden Tonfall, den ich früher oft angewendet habe, als Mathilda noch ein Baby war und ihr der Nuckel heruntergefallen war.

Wieder Pause.

«Ich melde mich, wenn es so weit ist, ja?», schiebe ich schließlich noch nach.

«Kannst du denn jetzt schon sagen, wann es ungefähr so weit sein wird?», erwidert er mit deutlich wahrzunehmender Nervosität in der Stimme.

«Nee, kann ich leider noch nicht.»

«Kannst du noch nicht», wiederholt er. «Okay. Dann bleibt mir wohl nichts anderes übrig, als noch ein bisschen abzuwarten.»

«Ja, genau.»

Ich höre Papier rascheln. «Das Erscheinungsdatum für das neue Buch haben wir ja schon vor längerer Zeit festgelegt. Ist das denn noch realistisch? Oder sollen wir es lieber verschieben?»

«Nee, der Termin ist noch realistisch», antworte ich, und dieses Mal bin ich derjenige, dessen Stimme gepresst klingt.

«Sicher?»

«Ja, sicher.»

«Gut. Dann lasse ich dich am besten in Ruhe weiterarbeiten, und du meldest dich, wenn du so weit bist, ja?»

«So machen wir's.»

«Und falls du an irgendeinem Punkt stecken bleibst, dann können wir uns auch zwei Stunden zusammensetzen und noch mal in aller Ruhe über das Projekt sprechen. Das hilft ja oftmals. Frei nach Heinrich von Kleists ‹Über die allmähliche Verfertigung der Gedanken beim Reden›. Vielleicht heute Abend im Pfau?»

«Ich glaube, ich habe momentan keinen Bedarf, Heiko. Aber trotzdem vielen Dank für das Angebot. Ich melde mich, sobald es was gibt, ja?»

«In Ordnung», erwidert Heiko zögerlich.

«Prima. Bis dann. Tschüs», sage ich schnell und lege auf, bevor Heiko mit weiteren gut gemeinten Ideen um die Ecke kommt.

Zwei Stunden später – in denen ich wieder kein einziges Wort zu Papier gebracht habe, meine Verzweiflung hingegen auf ein nicht mehr handhabbares Ausmaß angewachsen ist – rufe ich ihn wieder an. «Okay, einverstanden. Heute Abend Arbeitsessen und Stoffbesprechung. Um acht im Pfau. Kenne ich zwar nicht, finde ich aber.»

Mathilda – der ich später mitteile, dass sie den Abend allein zu Hause verbringen muss – glaubt mir kein Wort. «Wie, du gehst heute aus? Du gehst doch nie aus.»

«Ich geh auch nicht aus. Es wird ein Arbeitsgespräch», stelle ich richtig.

«Eh klar, Papa. Und was passiert da so bei deinem Arbeitsgespräch?»

«Du betonst das so merkwürdig, Kind. Ich arbeite mit meinem Verleger an dem neuen Buch. Spaß wird das sicher keinen machen.»

«Wirklich? Kein Spaß?» Mathilda blickt mich mit ihrem Hundeblick an. «Armer Papa.»

Als ich pünktlich um acht Uhr im Pfau ankomme, wird mir allerdings sofort klar, dass diese Lokalität ganz sicher nicht der allerbeste Ort ist, um konzentriert über ein Projekt zu sprechen. Das Licht ist schummrig, die Musik viel zu laut, zudem ist der Laden brechend voll. Und als ich Heiko endlich entdecke, muss ich auch noch feststellen, dass er nicht allein am Tisch sitzt, sondern von zwei jungen, recht spärlich bekleideten Frauen flankiert wird. Ich spiele mit dem Gedanken, auf dem Absatz kehrtzumachen, doch just in diesem Moment entdeckt er mich und winkt mich breit grinsend zu seinem Tisch. Ich zwinge mich zu einem Lächeln und folge seiner Aufforderung.

«Sebastian! Große Freude!», ruft Heiko überschwänglich und umarmt mich dabei so herzlich, als sähe er mich nach einer einjährigen Weltumsegelung das erste Mal wieder.

«Hallo, Heiko», erwidere ich und bemühe mich, meine Genervtheit nicht allzu deutlich zu zeigen.

«Darf ich vorstellen: Das ist Monique, von der ich dir ja bereits erzählt habe.» Er zwinkert mir vielsagend zu. «Und das ist ihre Freundin Helene.»

Ich reiche den beiden jungen Frauen zur Begrüßung die Hand, setze mich dann und blicke meinen Verleger ernst an. «Arbeitsgespräch, ja?»

«Jetzt sei mal nicht so unentspannt. Wir essen erst mal gemeinsam, und dann gehen die beiden wieder, und wir arbeiten. Okay?»

«Das ist der Plan?», frage ich ungläubig.

«Das ist der Plan!», versichert mir Heiko mit festem Blick.

Ich zucke kraftlos mit den Achseln. «Dann soll es so sein.»

Heiko lächelt und klopft mir kumpelhaft auf die Schulter. «Was willst du trinken? Auch einen Merlot? Der ist sehr gut.» Ohne meine Antwort abzuwarten, bestellt er eine weitere Flasche. «So, und jetzt mach dich mal locker. Es tut dir gut, mal einen Abend nicht in deinem eigenen Saft zu schmoren. Und indirekt wird das auch dem neuen Buch guttun.»

Ich bin zwar von jeher überzeugter Anspannungstyp und konnte mit diesem Entspannen noch nie etwas anfangen, aber ich tue Heiko den Gefallen, lehne mich zurück, nehme einen kräftigen Schluck aus meinem Glas und merke sofort die wohlige Wärme, die meinen Körper durchströmt. Es ist schon eine ganze Weile her, dass ich das letzte Mal Alkohol getrunken habe, und ich habe ganz vergessen, wie gut sich das anfühlt. So gut, dass ich darauf gleich noch einen weiteren ordentlichen Schluck trinke.

Nach dieser Erfrischung beginne ich eine zaghafte Unterhaltung mit Helene, die mir ein wenig leidtut, da Heiko und Monique doch recht innig miteinander turteln. Helene nimmt mein Angebot dankbar an, und zu meiner Überraschung stellt sich heraus, dass sie eine deutlich interessantere Gesprächspartnerin ist als anfangs angenommen. Und diese Tatsache entspannt mich gleich noch ein bisschen mehr.

Aber dann kommt's. Während Helene und ich gerade so schön am Plaudern sind und uns über die Vorzüge von Saugrobotern austauschen, spüre ich plötzlich ihre Hand auf meinem Oberschenkel. Ach, denke ich mir zuerst, ist bestimmt ein Versehen. Sie nimmt sie bestimmt gleich wieder weg. Als dem aber nicht so ist und Helene ihre Hand so lange auf meinem Oberschenkel liegen lässt, als wäre es deren natürlicher Lebensraum, reagiere ich mit Erstarrung meines gesamten Körpers und hoffe, Helene so zu signalisieren, dass ich Körperkontakt mit Bereichen außerhalb meiner Hände ganz und gar nicht schätze.

Doch dieses Signal scheint nicht anzukommen. Im Gegenteil: Helene lächelt mich zuckersüß an, beugt sich näher an mich heran und haucht in mein Ohr: «Heiko hat mir erzählt, dass du schon länger Single bist.» Dabei bewegt sich ihre Hand zielsicher in Richtung meines Schrittes, wo sie schließlich verharrt. Zumindest würde sie das gern. Durch einen reflexartigen Satz zur Seite weiß ich das aber zu verhindern.

«Nein, ich bin kein Single. Ich bin Witwer. Da besteht ein feiner Unterschied», sage ich, wohl etwas zu laut, was aber aufgrund meines mittlerweile erarbeiteten Alkoholpegels auch nicht weiter verwunderlich ist.

Monique und Heiko unterbrechen ihr inniges Geturtel abrupt und blicken erst zu mir, dann zu Helene, die leicht verstört wirkt, dann wieder zu mir.

Helene wendet sich unsicher an Heiko. «Habe ich etwas falsch gemacht? Ich sollte doch ...»

Heiko legt seinen Zeigefinger auf die Lippen und sieht Helene flehend an.

Das genügt mir. Ich stehe auf und fixiere ihn mit zusammengekniffenen Augen. «Komm mit, wir müssen reden.»

Mein Verleger scheint zu begreifen, dass Widerstand zu diesem Zeitpunkt sinnlos ist, denn er steht anstandslos auf und folgt mir nach draußen vor die Tür des Pfaus.

«Das war nicht in Ordnung von dir!», sage ich, noch immer einigermaßen aufgebracht, während ich ihm mit meinem rechten Zeigefinger hart gegen den Brustkorb tippe.

«Ich weiß, es tut mir leid», bemüht sich Heiko um Schadensbegrenzung.

«Es ist nicht in Ordnung, dass du dich so über meine Grenzen hinwegsetzt. Ich hatte dir bereits mehrfach gesagt, dass ich keinen Bedarf an neuen Frauenbekanntschaften habe. Wirklich oft habe ich dir das gesagt. Und dir fällt als Reaktion darauf nichts Besseres ein, als mir einen Puff-Gutschein zu schenken oder zu versuchen, mich mit einer deiner Gespielinnen zu verkuppeln?!»

«Gespielinnen ist ein schönes Wort», erwidert Heiko grinsend. «Das muss ich mir gleich notieren und öfter in meinen aktiven Wortschatz einbauen.»

«Heiko!», rufe ich fassungslos. «Konzentriere dich auf das Thema dieser Unterhaltung!»

«Du hast recht. Entschuldigung.» Heiko reißt sich zusammen und fokussiert mich mit festem Blick. «Du hast meine ungeteilte Aufmerksamkeit. In einem Punkt muss ich dich aber jetzt schon mal korrigieren: Helene ist ganz sicher nicht meine Gespielin, sondern lediglich die Freundin meiner Gespielin. Ein feiner, aber nicht unbedeutender Unterschied.»

«Ja, wie auch immer. Du weißt, was ich sagen will. Ich empfinde es als respektlos mir gegenüber, wenn du dich so verhältst, und ich möchte nicht mit jemandem zusammenarbeiten, der mich nicht respektiert.»

«Ich respektiere dich, Sebastian. Sehr sogar. Und das weißt du auch. Ich wollte dir nur helfen. Aber ich habe jetzt auch verstanden, dass du das nicht willst. Und ich verspreche dir, dass es von mir in Zukunft keinen weiteren Versuch in diese Richtung geben wird. Okay?» Er streckt mir seine Hand entgegen, wohl um diese Übereinkunft vertraglich zu besiegeln.

«Okay», erwidere ich nach kurzem Zögern und schlage ein. «Und falls doch, suche ich mir einen neuen Verleger! Darauf kannst du dich verlassen.»

Heiko blickt mich nachsichtig an. «Mach nicht so ein Drama. Denn das wirst du nicht. Du weißt genauso gut wie ich, dass ich das Beste bin, was dir je passieren konnte. Beruflich zumindest.»

«Und ich bin das Beste, was dir passieren konnte. Beruflich gesehen zumindest.»

Heiko lächelt und nickt. «Wenigstens da sind wir uns einig.»

Wir umarmen uns und klopfen uns gegenseitig auf den Rücken.

«Okay, dann haben wir die Sache jetzt geklärt», sage ich, während ich mich aus der Umarmung löse. «Ich wünsche euch noch einen schönen Abend. Grüße an Helene und deine Gespielin.» Ohne lange abzuwarten und mich womöglich noch in eine weitere Diskussion verwickeln zu lassen, drehe ich mich um und mache mich auf den Weg nach Hause. Der Abend ist ja ohnehin total verkorkst, und die vier Kilometer Fußmarsch werden mir helfen, wieder einigermaßen nüchtern zu werden.

«Wo willst du denn jetzt hin?», ruft mir Heiko erwartungsgemäß hinterher. «Ich hab mich doch entschuldigt. Komm wieder mit rein.»

«Nein. Ich muss nach Hause. Hab den Herd angelassen. Tschüs. Schönen Abend noch.»

23

Wie sehr mir der Wein mittlerweile zu Kopf gestiegen ist, merke ich nach circa zehn Minuten, als mir bewusst wird, dass ich die ganze Zeit in die falsche Richtung gelaufen bin. Na gut, dann werden es eben sechs Kilometer Fußmarsch nach Hause und nicht nur vier. Ich mache einen kurzen Zwischenstopp in Ahmend's Späti, verzichte dort aber auf die eigentlich notwendige Apostrophen-Diskussion, kaufe stattdessen ein Wasser und setze meinen Weg in die entgegengesetzte Richtung fort.

Nach weiteren zehn Minuten gehe ich an einem schlecht beleuchteten Hauseingang vorbei. Ich denke mir noch, Mensch, kann ganz schön gefährlich werden, wenn man so wenig sieht, besonders im Winter, wenn es rutschig ist, da kann man sich schnell mal was brechen. Und während ich noch ausgiebig über dieses Thema nachgrüble, wird plötzlich die Tür aufgerissen und eine Frau in Sanitäterkleidung stürmt aus dem schummrig beleuchteten Hauseingang. Sie sieht mich, ich sehe sie, alles im letzten Augenblick vor dem Zusammenprall, doch weder sie noch ich sind reaktionsschnell genug, um das Unausweichliche abzuwenden. Um genau zu sein: Wir reagieren zwar beide schnell genug, da wir aber in die gleiche Richtung ausweichen, ist das Ergebnis dasselbe. Wir prallen ungebremst ineinander und gehen beide stöhnend zu Boden.

Während ich mich benommen wieder aufrapple, sehe ich, dass auf der Rückseite der roten Jacke der Frau in großen weißen Lettern das Wort ‹Tiernotarzt› prangt. Ich möchte ihr aufhelfen und mich entschuldigen, doch als ich ihr die Hand reiche, erkenne ich sie. Meine Retterin aus der Buchhandlung LiesBett.

«Aino Mäkinen. Sie sind ja ganz schön zackig unterwegs. Trotzdem schön, Sie mal wiederzusehen.»

Der Ärger in ihrem Gesicht wandelt sich zu verhaltener Freude. «Lore Lachmund, meine neue Lieblingsautorin.» Sie greift nach meiner Hand und zieht sich nach oben.

«Wirklich? Das würde mich freuen», sage ich beschwingt.

«Ja, ich habe schon alle Bücher gelesen. Vielen Dank für das Überraschungspaket. Ich habe mich ja noch gar nicht bedankt. Ihre Bücher haben mir wirklich sehr gut gefallen. Glaubt man gar nicht, dass in Ihnen so eine gefühlvolle Seite steckt.»

«Nein?», frage ich leicht verunsichert.

«Nein», erwidert Aino mit einem verschmitzten Lächeln. «Aber jetzt habe ich leider keine Zeit, mich mit Ihnen weiter zu unterhalten. So gern ich es auch täte, aber ich muss zu einem Einsatz.»

«Okay, deshalb auch der Aufzug. Ich hätte Sie fast nicht erkannt in Ihrer leuchtend roten Berufskleidung.»

«Ja. Das hat der Hersteller extra so gemacht. Das leuchtende Rot und auch die Reflektoren. Beides ist dafür da, dass man mich gut sieht, damit man zum Beispiel zur Seite springt, wenn man gerade meinen Arbeitsweg blockiert.»

«Tut mir leid. Das war wirklich nicht meine Absicht.»

«Schon gut», erwidert sie milde. «Aber jetzt muss ich wirklich los.»

«Okay», sage ich, aber keiner von uns macht Anstalten, sich auch wirklich fortzubewegen.

«Wenn Sie wollen, kommen Sie doch einfach mit», schlägt Aino schließlich vor.

«Zu Ihrem Einsatz?»

«Ja.»

«Ich kann aber kein Blut sehen.»

«Das ist schlecht. Macht aber in diesem Fall nichts, denn es geht wohl um einen kleinen Hund, der sich an irgendetwas verschluckt hat und jetzt keine Luft mehr bekommt.»

«Und was muss ich dabei machen?»

«Alles, was ich Ihnen sage.»

«Okay. Klingt ... gut.»

Wenig später sitzen wir einem Smart fortwo, Ainos Tiernotärztinnen-Einsatzfahrzeug. Es ist das kleinste und ungemütlichste Auto, in dem ich in meinem Leben bislang gesessen haben. Ich sitze auf dem Beifahrersitz, und der Behandlungskoffer ist zwischen mir und der Windschutzscheibe eingekeilt. Es ist alles so unfassbar eng, dass ich mich kaum traue, tief einzuatmen. Als ich es doch irgendwann probiere, merke ich, dass es ohnehin nicht gehen würde. Es gibt keinerlei Spielraum.

Diese Immobilität hat aber den entscheidenden Vorteil, dass ich auch in scharfen Kurven einen guten Halt habe. Den benötige ich dringend, denn Aino versucht die Zeit, die wir durch unsere Plauderei vor ihrer Praxis verloren haben, mit einer extrem riskanten Fahrweise wieder aufzuholen.

«Vorsicht, der Mann da vorne!», rufe ich aufgeregt, während mein Puls einen gehörigen Sprung nach oben macht, und deute auf einen Fußgänger, der gerade die Straße überqueren möchte.

«Sehe ich», erwidert Aino ruhig. Aber anstatt anzuhalten oder zumindest ein wenig die Geschwindigkeit zu drosseln, tritt sie das Gaspedal voll durch, zieht auf die linke Fahrbahn und umfährt den erschrocken wirkenden Mann mit einem reifenquietschenden Schlenker.

«Wann kommt eigentlich was Neues raus?», fragt Aino und dreht den Kopf zu mir.

«Mir wäre lieber, wenn Sie nach vorne sehen würden», sage ich flehend. «Könnten Sie das für mich tun?»

«Kein Problem.» Aino lächelt mitfühlend und richtet ihren Blick wieder nach vorne. «Sie brauchen aber keine Angst du haben. Ich fahre immer so.»

«Gut zu wissen», erwidere ich und schwöre mir insgeheim, dass dies das erste und zugleich letzte Mal ist, dass ich Passagier in ihrem Tiernotärztinnen-Einsatzfahrzeug bin.

«Also, wann gibt's ein neues Buch von Lore Lachmund?», wiederholt Aino ihre Frage.

«Also, um ehrlich zu sein, weiß ich das im Moment gar nicht. Genauer gesagt, weiß ich im Moment noch nicht mal, ob überhaupt jemals ein neues Buch erscheint.»

«Oh, warum denn das?», fragt sie in zugleich einfühlsamem und interessiertem Tonfall.

Ich lege die Stirn in Falten. «Ich glaube, ich habe momentan so eine Art Schaffenskrise. Na ja, also eigentlich ist es eher eine Art Was-ich-so-schaffe-gefällt-meinem-Verleger-nicht-mehr-Krise, die aber gerade dabei ist, sich in eine mittelschwere Existenzkrise zu verwandeln.»

«Okay», erwidert Aino nachdenklich. «Also, Sie bringen momentan nichts zu Papier, weil Ihr Verleger Sie kritisiert hat?»

«Ja, so in der Art.»

«Oder gibt es noch einen anderen Grund?»

Ich überlege kurz. «Einen, den mein Verleger vermutet, oder einen, den ich vermute?»

«Einen, den Sie vermuten natürlich.»

«Na ja, ich hatte viel um die Ohren in letzter Zeit. Vielleicht lag's daran.»

«Hat man das nicht immer? Viel um die Ohren, meine ich.»

«Da haben Sie auch wieder recht. Die letzten Bücher habe ich ja auch geschrieben, während allerhand anderes los war.»

Aino nickt bedächtig.

«Daran kann es also nicht liegen», sage ich leise und gedankenverloren, denn in diesem Moment wird mir klar, dass ich meine Blockade, ohne groß nachzudenken, immer darauf geschoben habe. «Aber woran liegt's dann?»

Aino zuckt mit den Achseln. «Vielleicht ist es ganz einfach nicht mehr das, was Sie ausfüllt. Vielleicht sind auch Sie nicht mehr derjenige, der Sie mal waren. Und die Schreibblockade ist ein Hinweis Ihres Unterbewusstseins.»

Ich nicke nachdenklich. «Ja, das könnte sein. Vielleicht bin ich einfach nicht mehr der, der ich vor einigen Jahren einmal war.»

Leider bleibt keine Zeit mehr, diesen Gedanken weiterzuverfolgen, denn das Navi teilt uns mit, dass wir unser Ziel erreicht haben. Der Einsatzort ist ein schnödes, schon ein bisschen heruntergekommenes Einfamilienhaus mit Jägerzaun.

Wir steigen aus. Oder besser: Aino steigt aus, öffnet die Beifahrertür und befreit mich von ihrem Behandlungskoffer. Dann kann auch ich aussteigen.

Ich sehe den Besitzer des Patienten, wie er mit hochrotem Kopf am Gartentürchen steht und uns ganz aufgeregt herbeiwinkt. Er stellt sich als Herr Uhlig vor.

Aino lässt sich von ihm den Weg zeigen und befragt ihn währenddessen, was denn genau passiert ist.

«Passiert, passiert. Was soll schon passiert sein?!», wettert Uhlig. «Der hat sich mein Fleisch geschnappt. Und hat es dann runtergeschluckt. In einem Stück. Das ist passiert!»

«Wie heißt er?», fragt Aino ruhig.

«Wer?»

«Der Hund.»

«Hundi.»

«Ja, Hundi. Wie heißt er?»

«Na, Hundi.»

Aino wirft ihm einen kurzen, irritierten Blick zu.

Uhlig zuckt mit den Achseln. «Ein besserer Name ist mir noch nicht eingefallen.»

«Wie alt ist er denn?»

«Acht.»

Aino nickt und geht wortlos weiter.

Ich folge den beiden in angemessenem Abstand ums Haus herum, wo ein offenbar bewusstloser Hund, vermutlich ein Boxer, neben einem Grill am Boden liegt. Der angekündigte kleine Hund ist allerdings nirgends zu sehen, denn der, der dort liegt, ist riesig.

Dennoch steuert Aino zielsicher auf ihren Patienten zu, streift ihre Gummihandschuhe über, beginnt mit der Untersuchung und beruhigt währenddessen routiniert den Besitzer. «Machen Sie sich keine Sorgen, es wird alles gut. Ich und mein Assistent haben die Lage unter Kontrolle. Zange.»

Uhlig wirft mir einen kritischen Blick zu, den ich mit einem souveränen, beruhigend gemeinten Nicken erwidere. Dann reiche ich Aino die gewünschte Zange aus ihrem Behandlungskoffer.

«Das haben wir gleich», sagt sie, den Blick konzentriert auf den bewegungslosen Hundi gerichtet, und fängt dann direkt an, entschlossen in dessen Maul herumzufuhrwerken.

Uhligs Ausdruck wechselt nun zu ernsthafter Besorgnis, die sich allerdings wenig später als grundlos herausstellt, denn Aino zieht aus Hundis Maul das tischtennisschlägergroße Stück Fleisch mehr oder weniger in Originalgröße heraus und löst die Blockade der Atemwege damit auf. Der Boxer erwacht daraufhin und schnappt mehrfach nach Luft.

Erleichterung auf allen Seiten. Besonders bei Uhlig, in dessen Gesicht ich zum ersten Mal seit unserer Ankunft so etwas wie ein Lächeln sehe, zumindest deute ich die Fratze, die er mit seinem ledrigen, von der Sonne gegerbten Gesicht macht, als solches.

Auch der Patient selbst wirkt im ersten Moment recht zufrieden mit dem Ergebnis der Behandlung. Er wedelt aufgeregt mit seinem Stummelschwänzchen, streift sabbernd an unseren Hosenbeinen vorbei und wird zur Belohnung im Anschluss von seinem Herrchen am Kopf getätschelt.

«Brav. Ganz brav, Hundi. Bin ich froh, mein Schnuckelchen wiederzuhaben. Ja, bin ich froh. Ja, fein, mein Hundi. Ja, fein.»

Doch dann ertönt plötzlich ein beunruhigendes Grummeln aus dem Inneren des Tieres. Hundi bekommt einen leidenden Ausdruck im Gesicht, windet sich und legt sich schließlich gekrümmt und krampfend wieder auf den Boden.

Aino blickt ihn besorgt an. «Irgendwas scheint noch quer zu liegen.»

Doch kurz darauf verstummt das Grummeln, und der Hund entspannt sich wieder. Ich blicke in die Runde, und auch die Gesichter der Anwesenden entspannen sich synchron zu Hundis Bauchmuskulatur. Alle – inklusive mir – scheinen davon auszugehen, dass sich im Magen des Tieres wieder alles beruhigt hat.

Doch leider verhält es sich anders. Denn mit einem Mal setzt das Grummeln wieder ein, wesentlich lauter und bedrohlicher als zuvor, und dann, plötzlich, bricht mit einem Mal der gesamte verbliebene Mageninhalt des Hundes schwallartig aus ihm heraus – fontänengleich und in einer Menge, die man so nicht erwartet hätte. Der überwiegende Teil dieser grünlich gelben, schaumartigen und streng riechenden Flüssigkeit landet auf mir. Auf meinen Schuhen, meiner Hose, und sogar mein Hemd bekommt einige Spritzer ab.

Fun-Fact: Aino und Herrn Uhlig erwischt es nicht.

Doch anstatt sich über diesen Umstand leise und diskret

zu freuen, brechen sie nach einer angemessenen Schrecksekunde in lautes, ausgelassenes Gelächter aus.

Aino: «Hi, hi, hi, hi.»

Uhlig: «Hahr, hahr, hahr, hahr.»

Ich: Tropf, tropf.

Als sich die Gemüter wieder beruhigt haben, zeigt sich Uhlig dankbar und von seiner spendablen Seite. Er gibt Aino 200 Euro für den Notfalleinsatz und mir ebenfalls 200 Euro für die Reinigung meiner Kleider und als Entschädigung für den Geruch, den ich vermutlich mein Leben lang nicht mehr aus der Nase bekommen werde.

Ich folge Aino zu ihrem Smart fortwo. Sie holt eine Plane aus dem Kofferraum – gemeint ist der winzige Stauraum unter ihrem Sitz –, in die sie mich lachend einwickelt, damit ich den Innenraum des Fahrzeuges nicht mit Hundis ehemaligem Mageninhalt besudle.

Dann machen wir uns auf den Weg zurück in ihre Praxis, wo es glücklicherweise eine Dusche gibt, die ich ausgiebig nutze. Danach darf ich mir eine weiße Hose und ein ebensolches Sweatshirt ihres Praxiskollegen ausleihen. In diesem Outfit gehen wir dann in eine nahe gelegene Weinbar, um das eben Erlebte bei einer Flasche Wein zu verarbeiten und ein wenig runterzukommen. Bei der Gelegenheit beschließen wir auch endlich, uns künftig zu duzen.

Und dann setzt meine Erinnerung aus.

24

Am nächsten Morgen erwache ich mit Kopfschmerzen, wie ich sie schon lange nicht mehr erlebt habe. Ich fühle mich, als hätte ich die ganze Nacht als Klöppel einer Kirchenglocke gearbeitet. Die gute Nachricht: Ich bin zu Hause in meinem Bett. Wie ich dahin gekommen bin, weiß ich allerdings nicht mehr, genauso wenig, wie der Abend überhaupt geendet hat.

Ich blicke erst auf die andere Seite meines Bettes, die natürlich leer ist, und dann auf die Uhr. Kurz nach sieben. Puh, wenigstens nicht verschlafen. Heute ist ja immerhin ein Schultag, und ich bin ein verantwortungsvoller Vater. Ich ziehe mich an und gehe in die Küche.

Das Frühstück ist fertig. Mathilda sitzt am Tisch und grinst. «Na? Wie war das Arbeitsessen?»

«Es war ganz gut», nuschle ich, während ich mir aus dem Schrank eine Kopfschmerztablette hole, sie in einem Glas Wasser auflöse und die sprudelnde Flüssigkeit vorsichtig in kleinen Schlucken trinke.

«Kopfschmerzen?», fragt Mathilda mit unüberhörbarer Schadenfreude in der Stimme.

«Ja, bisschen», gebe ich ruhig und unbeeindruckt zur Antwort. «Muss das Wetter sein.»

«Klar. Das Wetter. Was auch sonst.» Mathilda grinst honigkuchenpferdartig, mit der eindeutigen Absicht, mich zu provozieren und aus der Reserve zu locken.

Ich tue ihr diesen Gefallen nicht, sondern nippe weiterhin stoisch an meinem Glas. Wie erwartet, wird ihr daraufhin schnell langweilig. Sie nimmt Messer und Gabel in die Hand, als wären beides Drumsticks, und trommelt eine rhythmische Abfolge auf der Tischkante, was mir wiederum körperliche Schmerzen bereitet.

«Mathilda, heute bitte nicht, ja?»

Sie verdreht genervt die Augen, legt dann das Besteck zur Seite und rutscht ungeduldig auf ihrem Sitz hin und her. «Kann ich dann wenigstens anfangen zu essen, oder müssen wir noch warten, bis deine Freundin fertig ist?»

Der Schluck Brausewasser mit aufgelöster Kopfschmerztablette, den ich gerade dabei bin zu trinken, bleibt mir auf der Hälfte der Strecke zwischen Mund und Magen im Hals stecken. «Was hast du gesagt?», frage ich krächzend.

In diesem Moment kommt Aino fertig angezogen und geschminkt aus unserem Bad geschlendert. Sie sieht aus, wie frisch aus dem Ei gepellt.

Mir entgleiten alle Gesichtszüge.

«Guten Morgen. Gut geschlafen?», fragt sie lächelnd mit einem leichten Anflug von Verunsicherung im Gesicht und setzt sich zu Mathilda an den Tisch. «Deine Tochter und ich haben uns bereits angefreundet. Ich hoffe, das ist okay.»

«Gu… guten Morgen. Ja, sicher ist das okay», stammle ich vor mich hin. «Warum sollte das nicht okay sein? Und, ja, ich hab ganz gut geschlafen und Sie, äh du?»

«Ich auch, danke», erwidert Aino scheu lächelnd.

Mathilda blickt mit einer Mischung aus Interesse und Erheiterung im Gesicht zwischen Aino und mir hin und her.

«Okay ...», erwidere ich. Und da mir momentan auch nicht wesentlich mehr einfällt, was ich zu diesem Gespräch beitragen könnte, verziehe ich mich schnell ins Bad.

Ich schließe die Badezimmertür, blicke in den Spiegel, betrachte eindringlich den zerknitterten Typen, der mir daraus entgegenblickt, und frage mich, warum, um alles in der Welt, mich die Situation eben so dermaßen aus dem Gleichgewicht gebracht hat. Liegt es am Kater? Oder daran, dass es der erste nächtliche Frauenbesuch seit Isas Tod ist? Oder daran, dass ich nicht den blassesten Schimmer habe, was sich in der vergangenen Nacht zwischen Aino und mir so alles zugetragen haben könnte? Hm. Vermutlich ist es eine Mischung aus allem.

Nachdenken bringt mich in dieser Frage aber kein Stück weiter, und so putze ich mir die Zähne und dusche.

«Ich habe mit Aino ausgemacht, dass wir am Wochenende gemeinsam auf den Flohmarkt gehen. Also du, sie und ich. Gut, oder?», informiert mich Mathilda, kaum dass ich zurück in der Küche bin.

«Äh, okay. Schön», sage ich und fühle mich gleichzeitig ein wenig überrumpelt.

«Also nur, wenn es dir recht ist natürlich», schwächt Aino Mathildas kategorische Ansage ein wenig ab.

«Ja, ja, ist mir recht. Flohmarkt, prima», beeile ich mich zu sagen.

Die beiden lächeln zufrieden und setzen ihre Unterhaltung fort.

Ich nehme ebenfalls Platz, nippe immer mal wieder vorsichtig an meinem Kaffee und lausche währenddessen stumm dem Gespräch der beiden.

«Und was muss man da noch so machen als Tierärztin?», fragt Mathilda interessiert.

«Ganz verschieden. Je nachdem, wegen welchem Leiden der Patient zu mir kommt. Blut abnehmen, einen Gips anbringen, Wurmkuren verabreichen, Zähne behandeln, manchmal auch eine kleine Operation. Aber auch viel vorbeugende Maßnahmen wie Impfen, damit die Tiere erst gar nicht krank werden», erläutert Aino geduldig, während Mathilda andächtig lauscht. «Und oft bin ich auch Seelsorger für die Besitzer der Tiere. Gerade ältere Menschen sind meist sehr aufgeregt und machen sich große Sorgen, wenn es ihrem Liebling nicht gutgeht. In vielen Fällen ist ihr Haustier nämlich das einzige verbliebene Geschöpf in ihrem Leben, das ihnen nahesteht. Ihr bester Freund. Und wenn ein Tier so krank ist, dass es eingeschläfert werden muss, helfe ich den Hinterbliebenen, einen Ersatz zu finden. Zum Beispiel in einem der Tierheime hier in der Nähe.»

«Das hört sich gut an, vielleicht wäre das ja auch was für mich», sagt Mathilda.

«Du kannst mich gern mal besuchen kommen, wenn du willst. Und dein Vater das erlaubt», erwidert Aino, woraufhin mir beide Frauen den Kopf zudrehen.

«Äh, ja, klar. Gern», erwidere ich gedankenverloren. «Aber jetzt wird es langsam Zeit, zum Ende zu kommen. Sonst kommst du noch zu spät.»

Zu meiner Überraschung steht Mathilda sofort auf, schultert den Jutesack mit ihren Schulbüchern und verabschiedet sich von Aino. «Na, dann bis bald. Hat mich sehr gefreut.»

«Mich hat es auch gefreut», erwidert Aino lächelnd. «Bis ganz bald.»

Ich begleite Mathilda noch zur Tür. Kurz bevor sie die Wohnung verlässt, raunt sie mir noch zu: «Die ist super. Verkack es dieses Mal nicht, ja, Papa?»

«Ich kann dich ganz schlecht verstehen, Mathilda. Ganz schlecht», antworte ich, während ich sie aus der Wohnung schiebe und die Tür hinter ihr schließe.

Dann gehe ich zurück in die Küche.

«So», sage ich zu Aino und lache dabei das Lachen des Verunsicherten, «ganz schön turbulenter Abend gestern, was?»

«Kann man wohl sagen», antwortet sie und blickt mich dabei mit einem Ausdruck an, den ich nicht so recht deuten kann.

«Sag mal, also letzte Nacht ...», beginne ich zögerlich. «Wie du vielleicht bemerkt hast, habe ich ein klein wenig zu viel getrunken ... sodass meine Erinnerung an den gestrigen Abend ein paar wenige Lücken aufweist ... äh, also, ich stelle mir deshalb gerade die Frage, also, hatten wir ...?»

Pause.

«Hatten was?», fragt Aino und sieht mich verschmitzt an. «Was meinst du genau?»

«Na ... hatten wir ... du und ich?» Ich zeige auf sie, dann auf mich, wieder auf sie, dann wieder auf mich und hoffe, den Sachverhalt, auf den ich hinaus möchte, damit ausreichend beschrieben zu haben.

Sie sieht mich immer noch mit unschuldigem Ausdruck

an und lässt mich zappeln. Dann schließlich: «Ach so! Du meinst: Hatten wir Sex?»

«Ja. Genau! Das meine ich», erwidere ich gelöst.

Doch sie wartet weiter ab und kostet den Moment aus.

«Also, hatten wir?», bohre ich nochmals nach.

«Nein. Hatten wir nicht», sagt sie schließlich. «Wir kennen uns doch gar nicht.»

«Stimmt. Ganz vergessen.»

«Wir haben uns noch nicht mal geküsst.»

Dann macht sie eine kleine Pause, und in diesem Moment beobachte ich einen deutlichen Umschwung in ihrer Stimmung. Ihr eben noch so spitzbübischer Gesichtsausdruck bekommt jetzt Anzeichen von Sorge und Mitgefühl. Auch ihre Stimmlage wird einfühlsamer. «Wir kamen nicht dazu, weil du mir von deiner Frau erzählen wolltest.»

«Ist das so?», erwidere ich erstaunt.

Aino nickt und blickt mich voller Mitgefühl an. «Du hast erzählt, dass deine Frau gestorben ist und du sie sehr vermisst. Und dass du mich eigentlich sehr attraktiv findest und gern mit mir schlafen würdest, aber es als Verrat an ihr empfinden würdest.»

«So klare Sätze habe ich noch herausgebracht?», frage ich und bin ein klein wenig von mir selbst beeindruckt.

«Ja, hat mich auch gewundert. … Und du hast geweint.»

«Tatsächlich?»

Aino nickt. «Aber völlig okay. Ich finde es gut, wenn Männer ihre Gefühle zeigen können.» Sie lächelt mich sanft an.

Dennoch bin ich ein wenig peinlich berührt von der Vorstellung, dass ich mich bei ihr ausgeweint haben könnte, daran aber nicht den blassesten Erinnerungshauch in meinem Gedächtnis finde.

«Wie lange ist das denn her mit deiner Frau?»

«Zehn Jahre», antworte ich mit einem tiefen Seufzer.

«Zehn Jahre?», erwidert Aino mit erstauntem Gesichtsausdruck. «Okay. Wow. Um ehrlich zu sein, hatte ich gedacht, dass es erst kürzlich passiert ist.»

Ich schüttle leicht den Kopf.

«Ganz schön lange Trauerphase, oder?», sagt sie vorsichtig.

«Ja. Schon.» Ich möchte zu einer weiteren Erklärung ansetzen, doch die scheint gar nicht nötig zu sein, denn Aino meint sanft und verständnisvoll: «Es braucht eben so lange, wie es braucht.»

«Genau», antworte ich, ein wenig überrascht.

«Da ist jeder Mensch verschieden. Manche können einen Verlust schnell überwinden, andere trauern ihr ganzes Leben. Niemand hat das Recht zu bestimmen, was eine angemessene Zeit ist. Nur derjenige, den es betrifft.»

«Exakt so ist es», sage ich, fast schon ein wenig begeistert. Endlich versteht mich mal jemand.

Aino macht plötzlich ein trauriges Gesicht. «Ich habe auch mal einen Menschen verloren, den ich sehr geliebt habe. Meinen Bruder Matti. Er war acht und ist im Urlaub in einem See ertrunken. Einfach so. Niemand weiß, warum. Er war ein guter Schwimmer.» Nun treten ihr die Tränen in die Augen. «Ich vermisse ihn noch oft. Obwohl es schon fast 20 Jahre her ist.»

Ich blicke tief in Ainos grüne, strahlende Augen und habe in diesem Moment seit sehr langer Zeit wieder das

Gefühl, einen Menschen vor mir zu haben, der mich sieht, wie ich bin, und zu dem ich eine Verbindung habe.

Ohne unseren Blickkontakt zu unterbrechen, macht Aino einen Schritt auf mich zu und nimmt meine Hand. Nur wenige Zentimeter trennen unsere Gesichter voneinander. Und während ich noch mit mir ringe, ob ich sie küssen soll oder nicht, ergreift Aino die Initiative und presst ihre Lippen auf die meinen.

Es sind mehr als zehn Jahre vergangen seit meinem letzten Kuss. Ich erinnere mich noch ganz genau daran. Es war an dem Tag, als Isa starb. Meine Isa. Die Liebe-meines-Lebens-Isa. Wie sehr ich sie doch vermisse.

Als mir bewusst wird, dass ich die ganze Zeit an Isa denke, während ich Aino küsse, und mir zudem noch die Tränen kommen, wende ich mich vorsichtig ab.

«Was ist?», haucht Aino zärtlich.

Ich lasse meinen Blick sinken. «Ich, äh ... ich glaube, ich bin noch nicht so weit. Entschuldige.»

Aino nickt verständnisvoll. «Du brauchst dich nicht zu entschuldigen. Es ist alles in Ordnung.»

Ich lächle sie dankbar an.

Dann setzen wir uns wieder an den Tisch und frühstücken zu Ende, bis eine angemessene Übergangszeit verstrichen ist, sodass der missglückte Kuss und ihre Verabschiedung nicht in unmittelbarem Zusammenhang stehen.

«Dann sehen wir uns Sonntag? Zum Flohmarkt?», fragt sie, während ich ihr den Fahrstuhl rufe. «Steht das noch?»

«Natürlich steht das noch», erwidere ich mit Nachdruck.

Sie gibt mir einen flüchtigen Abschiedskuss, steigt in

die Fahrstuhlkabine, winkt noch ein letztes Mal und fährt nach unten.

Ich gehe zurück an die Wohnung, stelle mich ans Fenster und warte so lange, bis Aino unten aus dem Haus kommt. Sie geht die Straße entlang und entfernt sich in Richtung U-Bahn-Haltestelle. Ich sehe ihr nach, bis sie die Treppen hinuntergeht und schließlich im Untergrund verschwindet.

Aino Mäkinen ist eine kluge, schlagfertige, intelligente und sehr attraktive Frau. Ich bin mir sicher, dass ich mich irgendwann in sie verlieben werde, falls ich das nicht ohnehin schon getan habe. Aber ich bin mir ebenso sicher, dass ich für das kommende Wochenende einen Vorwand finden und unsere Verabredung absagen werde. So war es bei allen Frauenbekanntschaften in den vergangenen Jahren, und so wird es auch dieses Mal sein. Ich bin einfach noch nicht so weit. Oder ich fühle mich einfach zu wohl in meinem Schmerz, als dass ich daran wirklich etwas ändern möchte.

25

«Mann, Papa! Das gibt's doch nicht! Immer kommt dir irgendwas dazwischen! Wirklich immer! Du bist manchmal echt so ein Honk!» Mathilda haut mit der flachen Hand wütend auf den Tisch, woraufhin die Suppe aus unseren Tellern schwappt. Ich habe ihr soeben mitgeteilt, dass ich die Flohmarktverabredung mit Aino leider absagen musste, da ich ausgerechnet an diesem Tag einen beruflichen Termin habe. Ihre Enttäuschung war vorherzusehen. Von der Heftigkeit der Reaktion bin ich aber doch überrascht.

«Tut mir leid, Mathilda. Der Termin steht schon lange in meinem Kalender, ich hatte ihn nicht auf dem Schirm, sorry», übe ich mich in Demut. «Wenn du von deiner Klassenfahrt zurück bist, mache ich was Neues mit Aino aus, okay?»

«Machst du doch eh nicht», antwortet sie, wenig angetan von meinem Vorschlag.

«Doch, mache ich», versuche ich sie halbherzig zu überzeugen. Aber ich weiß genauso gut wie sie, dass ich das tatsächlich nicht tun werde.

Mathilda stößt einen tiefen, resignierten Seufzer aus. «Soll das jetzt immer so bleiben? Nur du und ich? Bis ich ausziehe?»

«Du ziehst nicht aus», sage ich schmallippig. Wie kommt sie denn da drauf? Sie ist erst vierzehn. «Du bist erst vierzehn, Mathilda», schiebe ich schnell nach.

«Ja und? Irgendwann ziehe ich bestimmt aus», macht sie mir in aller Deutlichkeit klar und unterstreicht diese Deutlichkeit noch, indem sie mir ihren Zeigefinger unter die Nase hält. «Und wenn das hier so weitergeht, wird dieser Tag früher kommen, als du denkst, Papa.»

«Klingt wie 'ne Drohung», erwidere ich ruhig.

«Ist auch eine!», kontert sie scharf. «Denn wenn sich nichts ändert, bin ich irgendwann weg.»

«Was genau sollte sich denn deiner Meinung nach ändern?», frage ich einfühlsam.

«Das weißt du doch ganz genau», antwortet sie barsch.

«Könntest du es mir noch mal kurz erläutern», bitte ich sie, «damit wir auch wirklich sichergehen, dass wir beide vom gleichen Thema reden.»

Mathilda stöhnt genervt auf. «Es sollte sich so ziemlich alles ändern.»

«Und was konkret?»

«Konkret, dass du dir eine Freundin zulegst. Aino zum Beispiel. Damit du mal ein bisschen abgelenkt bist. Nach zehn Jahren ist es wirklich höchste Zeit. Dein ganzes Leben kann sich doch nicht ausschließlich ums Schreiben und um mich drehen.»

«Warum denn nicht? Ich bin sehr zufrieden mit unserem Leben, ich brauche nicht mehr.»

«Aber ich bin nicht zufrieden. Ich brauche mehr. Mir ist das alles zu wenig. Zu wenig Familie. Zu wenig Freunde. Zu wenig Leben.»

«Hm. Okay. Dann laden wir doch einfach mal wieder jemanden ein, oder?», schlage ich vor.

«Es geht nicht um eine einzige Einladung. Es muss sich grundsätzlich was ändern.»

«Wir können gern regelmäßiger Leute einladen. Einverstanden?» Ich lächle und lege meine Hand auf ihren Unterarm.

Sie zieht ihn sofort weg, lehnt sich zurück und verschränkt die Arme vor dem Körper.

Ich ignoriere diese eindeutige Geste des Widerstands und sage zaghaft: «Weißt du, Mathilda, wenn man mal eine große Liebe in seinem Leben gehabt hat – und deine Mama war meine große Liebe –, dann ist es nicht so einfach, sich noch mal auf jemand anderen einzulassen.»

Mathilda beugt sich leicht in meine Richtung. «Ja, das weiß ich doch. Du hast mir das ja auch schon oft genug gesagt. Aber du kannst es wenigstens mal versuchen, anstatt es immer schon von vornherein auszuschließen.»

«Warum etwas versuchen, von dem ich doch schon weiß, dass es nicht gut gehen wird?», erwidere ich.

«Du weißt es nicht, du glaubst es zu wissen», kontert sie, während ein leichter Anflug von Triumph in ihren Augen aufblitzt. Diesen Satz habe ich mit Sicherheit nicht nur einmal zu ihr gesagt, und jetzt gibt sie ihn mir eins zu eins zurück. Hätte ich geahnt, dass alle meine Klugscheißersätze irgendwann gegen mich verwendet werden, wäre ich sparsamer mit ihnen umgegangen. Jetzt ist es zu spät.

«Ich bin mir ziemlich sicher», präzisiere ich.

«Kann schon sein.» Mathilda nickt nachsichtig. «Aber sicher wissen tust du es nicht. Und deshalb wäre es schön für uns alle, besonders auch für mich, wenn du es einfach versuchen würdest. Einfach mal eine lose Beziehung mit einer neuen Frau eingehen. Mama ist dir da bestimmt nicht böse. Das weiß ich, denn ich habe mit ihr darüber gesprochen.» Sie unterstreicht diese Aussage, indem sie eine kurze Pause einlegt, dann nochmals nickt und in Oberlehrermanier fortfährt. «Ich finde, du kannst dich wirklich glücklich schätzen, denn Aino ist eine supercoole Frau. Und das Tolle ist, sie scheint dich auch zu mögen. Also richtig zu mögen. Und das ist ja auch nicht selbstverständlich, so sonderbar, wie du oft bist.» Sie grinst mich frech an und freut sich sichtlich über ihre kleine Spitze.

Ich atme resigniert aus. «Du hast in allem recht, was du sagst, Mathilda, und ich kann mich wirklich glücklich schätzen, dass ich überhaupt gemocht werde, so sonderbar, wie ich bin, aber ...»

«Nicht aber, Papa», unterbricht sie mich flehend. «Nicht schon wieder ‹aber› sagen. Bitte. Lass es doch einfach mal so stehen.»

Ich lächle nachsichtig und sehr geduldig. «In Ordnung. Ich denke drüber nach, okay?»

«Nein. Nicht okay, Papa. Es geht darum, dass du dir mal ein eigenes Leben zulegen sollst. Denn jetzt dreht sich – wie gesagt – alles bei dir ums Schreiben und um mich. Und wenn du beim Schreiben nicht vorankommst, was oft ist, dann nur um mich. Aber das will ich nicht. Ich will nicht ständig um Fokus stehen. Mir ist das zu anstrengend. Ich will auch meine Geheimnisse haben.»

«Du hast Geheimnisse?»

«Papa! Hörst du mir überhaupt zu?» Langsam mischt sich eine Spur Verzweiflung in Mathildas Stimme.

«Ja. Entschuldigung. Natürlich höre ich dir zu», beruhige ich sie.

«Ich will nicht, dass alle meine Schritte überwacht werden. Ich will auch mal irgendwo hingehen, ohne anrufen zu müssen und ohne dass ich danach verhört werde.»

«Ach, Mathilda, jetzt werde doch nicht so melodramatisch. *Verhört* ist nun wirklich absolut übertrieben. Ich finde, es geht dir sehr gut bei mir, und im Vergleich zu anderen Kindern genießt du echt viele Freiheiten.»

«Im Vergleich zu welchen anderen Kindern, bitte? Im Vergleich zu denen im Jugendknast, oder was?»

«Ja, genau. Im Vergleich zu denen. Und jetzt habe ich keine Lust mehr auf diese Unterhaltung. Ende des Gesprächs.»

Mathilda blickt mich ausdruckslos an. Dann steht sie wortlos auf und geht. Sekunden später höre ich ihre Zimmertür knallen.

Ich atme resigniert aus, ziehe dann mein Jackett an und verlasse die Wohnung. Ich brauche jetzt dringend etwas frische Luft.

Nach einem kleinen Zwischenstopp bei den Zwölf Elfen und einem doppelten Espresso führt mein Weg mich zu Isas Grab auf dem Dorotheenstädtischen Friedhof. Dort angekommen, setze ich mich wie immer auf meine Bank und lausche dem Rauschen der Blätter und dem Vogelgezwitscher.

Heute ist der alte Mann, den ich schon so oft gesehen habe, wieder am Grab seiner Frau. Er befreit die Erde von

Unkraut und gießt im Anschluss die Pflanzen. Und das alles tut er wie immer mit Hingabe.

Ich sehe ihm mit Bewunderung zu, doch plötzlich bemerke ich, dass er heute nicht allein ist. Er hat jemanden mitgebracht. Eine jüngere Frau. Bestimmt zwanzig Jahre jünger als er selbst. Erst denke ich, dass es vielleicht seine Tochter ist, doch da sie sich überhaupt nicht an der Grabpflege beteiligt, verwerfe ich diesen Gedanken wieder. Als der alte Mann nach Beendigung seiner Arbeit schließlich zu ihr geht, sie küsst und dann Hand in Hand mit ihr den Friedhof verlässt, bricht für mich eine Welt zusammen. Mein Vorbild hat eine andere. Das gibt's ja wohl nicht. Er geht fremd vor den Augen seiner toten Frau. Wie schamlos kann man sein.

26

Und dann ist es endlich so weit. Das von Mathilda schon so lange herbeigesehnte und von mir ebenso lange mit mulmigem Gefühl erwartete Ereignis steht an: die Klassenfahrt nach Paris.

Nachdem wir das ganze Wochenende lang Mathildas Koffer gepackt, zwischendrin noch dringend benötigte Utensilien wie eine Anti-Pickel-Creme oder einen Stielkamm in der Drogerie besorgt haben, den Kofferinhalt danach nochmals mehrfach zwecks genauerer Überprüfung aus- und dann wieder eingeräumt haben, ist es nach einer unruhigen Nacht, in der wir beide kaum ein Auge zubekommen haben, schließlich Montagmorgen.

Pünktlich um 8:30 Uhr versammeln wir uns mitsamt Mathildas Klassenkameraden, deren Eltern und den beiden Lehrern Frau Hackenbeck und Herrn Lohbart vor der Schule.

Als der Reisebus schließlich eintrifft, beginnt das große Gedränge, denn derjenige, der es schafft, sein Gepäck als einer der Ersten unten im Bus zu verstauen, hat natürlich Chancen auf die besten Plätze im Bus, und die befinden sich seit der Erfindung des Omnibusses ganz hinten.

Mathilda verstaut ihren Koffer als Vorletzte im Gepäckfach, was mich zugegebenermaßen ein wenig irritiert. Und dann kommt sie auch noch in aller Seelenruhe zu mir zurückgeschlendert, obwohl wir unsere lange Verabschiedung ja bereits hinter uns gebracht haben. «Also, dann bis in sieben Tagen, Papa. Ich hoffe, du kommst ohne mich klar.»

«Ich werde mich bemühen.»

«Und nutz die Tage mal für dich. Du hast die Wohnung für dich allein. Eine ganze Woche lang.» Sie zwinkert mir vielsagend zu.

«Ja, ich weiß. Mal sehen, was ich mache. Vielleicht arbeite ich auch Tag und Nacht, bis du wiederkommst. Ich habe einiges aufzuholen», sage ich, umarme sie und gebe ihr einen Kuss auf die Stirn. «Und jetzt steig ein, sonst musst du am Ende noch die ganze Fahrt stehen.»

«Glaub ich nicht.» Mathilda schenkt mir noch ein letztes Lächeln, dreht sich um und verschwindet im Bus.

Durch die getönte Scheibe sehe ich undeutlich, wie sie im Mittelteil des Busses einen Platz einnimmt, den ihr offenbar jemand freigehalten hat. Schemenhaft erkenne ich einen Jungen, der aussieht wie Fabian Lauenstein, der beste Fußballer der Schule. Gut, genau genommen ist er nur der zweitbeste, wenn man Frau Hackenbeck dazuzählt, aber trotzdem. Dass die beiden befreundet sind, wusste ich allerdings nicht. Aber es freut mich, denn so schlecht kann es mit Mathildas sozialem Ranking dann gar nicht stehen, wenn die Stars der Schule sich mit ihr abgeben.

Wenige Minuten später fährt der Bus dann ab. Die Eltern winken, die Kinder winken, die Eltern weinen, die Kinder nicht. Auch ich habe einen kleinen Kloß im Hals, als ich zu meinem Auto zurückgehe.

Zu Hause versuche ich mich, so gut es geht, abzulenken, um nicht in ein sentimentales Loch zu fallen. Mir war von vornherein klar, dass die Zeit unmittelbar nach Mathildas Abreise nicht leicht für mich werden wird, deshalb habe ich mir einen Plan gemacht: Erst werde ich mich auf meinen Atem konzentrieren, später mache ich dann Sport oder einen strammen Spaziergang zur Entspannung, abends gibt es einen schönen, beruhigenden Kräutertee, und danach gehe ich früh ins Bett. Und morgen – so hoffe ich – ist die Sehnsucht dann auf ein handhabbares Maß zusammengeschrumpelt. Die Transition-Phase ist meist das Problem. Ist die mal überwunden, läuft es.

Meinen Plan werfe ich allerdings bald über den Haufen. Zu groß ist meine Sehnsucht, Mathildas Stimme noch mal zu hören. Anrufen darf ich sie nicht. Das hat Frau Hackenbeck uns Eltern bereits auf der Informationsveranstaltung für die Reise mit aller Deutlichkeit eingebläut, weil es ihrer Meinung nach die Gruppendynamik empfindlich stören würde. Aber eine Möglichkeit hätte ich ja noch: Henner Dirksens Child-Tracking-App.

Eigentlich hatte ich mir geschworen, diese App vorerst nicht wieder zu benutzen. Es ist einfach ein zu großer Eingriff in ihre Privatsphäre. Außer natürlich, wenn es sich um einen Notfall handelt.

Ich überlege bestimmt fünf Minuten hin und her, ob es sich jetzt um einen solchen handelt oder nicht, und komme mir dabei vor wie ein seit längerem trockener Alkoholiker, der beim Aufräumen zufällig noch eine Flasche Gin unter der Spüle gefunden hat, die er nun anstarrt und der sich einredet, dass ein klitzekleiner Schluck doch wirklich nicht schaden kann. Hey, was soll schon passieren?

Für den Außenstehenden ist die Antwort auf diese Frage natürlich völlig klar. Nicht aber für den Süchtigen. Die Rationalität funktioniert in einem solchen Moment nicht. Da wirken andere Kräfte, gegen die er machtlos ist. Und so ist es auch bei mir. Deshalb ist nach all dem inneren Ringen das Ergebnis auch wenig überraschend: Ich öffne die App und klinke mich in Mathildas Leben ein.

Das Bild ist schwarz, nur über die Tonebene bekomme ich Kontakt.

Ich höre: Schmatzen.

Aha, denke ich mir, das Kind hat Hunger und labt sich wohl gerade an dem von mir liebevoll zubereiteten Lunchpaket. Frische Dinkelbrötchen, eines mit Mathildas Lieblingskäse belegt, das andere mit einer Schicht Erdnussbutter und darüber eines mit Schokoaufstrich. Dazu in kleine Stücke geschnittene Bio-Äpfel und Bio-Birnen und, als zusätzliches Schmankerl, eine Schale Erdbeeren.

Dann höre ich einen leisen, unterdrückten Stöhner.

Ich bin einen ganz kurzen Moment lang ratlos, denn ich kann das Geräusch beim besten Willen nicht meinem Kind zuordnen. Dafür klingt es viel zu ... ähm, viel zu männlich?

«Woher kannst du nur so gut küssen?», haucht, wie zur Bestätigung, die offenbar zum Stöhner gehörende männliche Stimme, die ich jetzt eindeutig Mathildas Sitznachbarn Fabian Lauenstein zuordnen kann.

In diesem Moment zerplatzt vor meinem geistigen Auge das Bild eines genüsslich in sich hinein mampfenden Kindes wie eine Seifenblase und wird schlagartig durch eines ersetzt, auf dem zwei Teenager sich gegenseitig mit ihren waschlappengroßen Zungen das Gesicht ablecken. Wah! Und eines dieser Kinder ist mein Baby. Mein unschuldiges Baby.

Doch damit nicht genug, denn das Gespräch geht weiter. Immer wieder unterbrochen durch Schmatzen und unterdrückte Stöhner, die sowohl von einer männlichen als auch einer weiblichen Quelle kommen.

«Ich dachte, du hast keine Erfahrung mit Küssen», flüstert der Junge sanft.

«Vielleicht ja doch?», erwidert Mathilda mit lasziver Keckheit im Ton, die mich zusätzlich irritiert.

«Hast du?», fragt Fabian nach, seine Eifersucht nur unzureichend verbergend.

«Nein, hab ich nicht», beruhigt ihn Mathilda. «Wie auch? Ich lebe ja in einem Gefängnis.» Im letzten Satz meine ich ein wenig Verbitterung in ihrer Stimme wahrzunehmen.

«Aber jetzt hast du Freigang», schiebt Fabian Lauenstein schnell nach.

«Ja, jetzt habe ich Freigang», wiederholt Mathilda mit hörbarer Erleichterung. «Und wir können tun, was wir wollen. Das ist so, so, so was von großartig!»

Seit Beginn der Unterhaltung sitze ich fassungs- und bewegungslos vor meinem Handy und starre das Display an. Es ist erschütternd, sein eigenes Kind so zu hören. Doch jetzt ergibt alles einen Sinn. Die Puzzleteile der vergangenen Wochen setzen sich nun wie von selbst zu einem großen, eindeutigen Gesamtbild zusammen. Das neue Outfit und speziell die neue Unterwäsche. Die Unkonzentriertheit in der Schule und die daraus folgenden schlechten Noten. Der manipulierte Stundenplan. Und: die Kondome. Mir schnürt es den Hals zu.

Mathilda hat einen Freund, den sie bisher vor mir verheimlicht hat. Natürlich ist sie in der Schule unkonzentriert, wenn ihr Hormonhaushalt durchdreht und sie an nichts anderes als diesen Fabian Lauenstein denken kann. Das neue Outfit hat sie sich natürlich gekauft, um ihm zu gefallen. Und die neue Unterwäsche, um ihm auch noch zu gefallen, wenn sie, oh Gott, das andere Outfit nicht mehr anhat. Und die Kondome? Oh Gott, oh Gott, oh Gott!

So. Und das ist jetzt der Moment, als in meinem Kopf buchstäblich das Licht ausgeht. Mechanisch geht mein Finger zum Display, drückt auf einen Button, und das Schmatzen und Stöhnen findet ein jähes Ende.

Stille in der Wohnung. Nur das leise Brummen des Kühlschranks ist zu vernehmen. In meinem Kopf hingegen höre ich das Blut rauschen. Es ist ein wallender Strom, der im Rhythmus meines Herzens gegen die Schläfen schwappt.

Und die angeblichen Besuche an Isas Grab? War dieser Teil etwa auch gelogen? Und die Trauer nur vorgetäuscht? Ich will diesen Gedanken gar nicht zu Ende denken. Aber so oder so ist für mich klar, dass jetzt etwas passieren muss. Eine robuste väterliche Reaktion ist an dieser Stelle unvermeidbar. Ich muss handeln, und zwar sofort.

Seit dem letzten Update hat die Child-Tracking-App die von Dirksen angekündigte Ortungsfunktion, sodass ich auf einer Karte sehen kann, wo sich Mathilda im Augenblick befindet. Richtig weit ist der Bus bisher nicht gekommen, noch nicht mal bis zur Stadtgrenze.

Was dann folgt, kann man gut und gern als die Mutter aller Kurzschlussreaktionen bezeichnen.

27

Ich verlasse fluchtartig die Wohnung. Auf den Fahrstuhl warte ich erst gar nicht, sondern nehme die Treppe und renne alle fünf Stockwerke nach unten, plus ein weiteres, um in die Tiefgarage zu gelangen. Dort angekommen, öffne ich den Wagen per Funk, springe hinein, setze mit quietschenden Reifen zurück, wende, gebe erneut Gas und donnere die Auffahrt hinauf ins Freie.

Nach diversen Abkürzungen über Seitenstraßen und nachdem ich fast einen älteren Mann auf einem Zebrastreifen über den Haufen gefahren habe, erspähe ich mein Ziel am Horizont. Der Bus mit Mathildas Klasse fährt gerade gemächlich um eine Kurve, um danach wieder Fahrt aufzunehmen.

Ich gebe noch mal richtig Gas, überhole einen Kleinwagen, in dem ein bärtiger Vater mit seinen beiden Babys sitzt, und den Transporter einer Installationsfirma, ziehe an dem Reisebus vorbei und fädle schließlich vor ihm wieder ein.

Dann trete ich auf die Bremse, erst leicht, um den Fahrer vorzuwarnen, kurz darauf aber mit ansteigender Intensität, sodass der Bus seine Geschwindigkeit immer weiter drosseln muss. Dem Busfahrer scheint das natürlich gar nicht zu gefallen, zumindest bekommt er seine Hand nicht mehr von der Hupe. Määäp. Määäp. Mäp, Mäp, Mäp.

Ich lasse mich dadurch aber nicht aus dem Konzept bringen, bremse weiter ab und halte dabei den Abstand zwischen meinem Wagen und dem Bus so gering wie möglich, sodass der Fahrer gar nicht erst auf die Idee kommen kann, einfach links auszuscheren und mich zu überholen.

Schließlich stehen wir. Ich steige aus. Der Fahrer hupt immer noch. Durch die Windschutzscheibe kann ich jetzt sein hochrotes Gesicht sehen. Eine ungute Mischung aus Schreck und Wut. Der gute Mann sollte lieber mal seinen Blutdruck im Auge behalten. Mit einem erhöhten Schlaganfallrisiko ist nicht zu spaßen.

Ich klopfe resolut an die Bustür. «Öffnen Sie bitte. Meine Tochter kann nicht an dieser Reise teilnehmen. Ich ziehe meine Einwilligung zurück.»

Ich höre, wie im Inneren des Busses die Lehrer und der Busfahrer aufgeregt miteinander diskutieren. Die Schüler schreien ebenfalls durcheinander. Es wird aber auch gelacht.

Schließlich öffnet sich die hydraulische Tür, und ich blicke in das entsetzte Gesicht von Frau Hackenbeck. Sie tritt auf die Straße, hinter ihr schließt sich die Bustür wieder. «Herr Schulz, was machen Sie? Was soll diese Action-Film-Nummer? Sind Sie noch ganz bei Trost?»

Ich wiederhole meinen Satz noch mal. «Mathilda kann nicht an dieser Reise teilnehmen. Ich ziehe meine Einwilligung zurück. Lassen Sie sie bitte aussteigen.»

Nachdem Frau Hackenbeck nicht reagiert und mich stattdessen nur entsetzt anstarrt, nehme ich die Sache selbst in die Hand und rufe in den Bus: «Mathilda, kommst du bitte!»

«Herr Schulz, kommen Sie doch bitte zur Besinnung. Sie wollen doch nicht ernsthaft Mathilda zu diesem Zeitpunkt die Teilnahme an der Klassenfahrt verwehren. Und warum überhaupt? Sie hat sich so gefreut.»

«Das glaube ich», sage ich spöttisch. «Aber es sind Umstände eingetreten, die mich dazu zwingen. Mehr kann ich im Augenblick leider nicht sagen. Also bitte, holen Sie Mathilda aus dem Bus.»

Frau Hackenbeck scheint zu der Auffassung zu gelangen, dass eine weitere Diskussion mit mir zu nichts führt. Sie klopft an die Bustür, die sich daraufhin wieder öffnet, geht hinein und kommt wenig später mit Mathilda im Schlepptau zurück. Der Busfahrer steigt ebenfalls aus, macht eine an mich gerichtete Scheibenwischergeste und öffnet dann eine der Klappen zum Laderaum.

«Papa, bist du irre?! Was soll das?!», fährt mich Mathilda an. «Ich will nicht nach Hause.»

«Du musst.»

«Warum? ... Ist was mit Gudrun?»

«Nein, mit Gudrun ist alles in Ordnung.»

«Was dann?»

«Erkläre ich dir zu Hause. Falls du es wirklich nicht weißt ...»

«Nein! Ich weiß es nicht!»

«Zu Hause», sage ich, so ruhig ich kann.

Mathilda blickt hilfesuchend zu Frau Hackenbeck, doch die macht nur eine abwehrende Handbewegung. «Ich kann nichts tun, Mathilda, tut mir leid. Wenn dein Vater dir die

Teilnahme verbietet, können wir dich nicht mitnehmen. Der Zeitpunkt für diese Entscheidung ist zwar der denkbar bescheuertste, aber es ist so, wie es ist.»

Mathilda blickt mich lange und sichtlich vor Wut kochend an. Dann nimmt sie ihren Koffer, den der Fahrer mittlerweile ausgeladen hat, öffnet die hintere Tür meines Autos, donnert ihn hinein, setzt sich daneben und knallt die Tür zu. «Mann! Was für eine Scheiße.»

Als ich ebenfalls einsteigen will, bemerke ich, dass alle Schüler ihre Nasen von innen gegen die Scheibe drücken und schier ausrasten vor Aufregung. Unter ihnen ist natürlich auch Fabian Lauenstein. Ich blicke ihm fest in die Augen. So lange, bis er seinen Blick senkt. Damit ist geklärt, wer hier das Alphatier ist. So sieht's nämlich aus.

28

Die ersten Minuten der Rückfahrt schweigen wir. Es ist ein angespanntes, unangenehmes, passiv-aggressives Schweigen, und je länger es andauert, desto mehr scheint der Druck in uns beiden anzusteigen.

Irgendwann kann sich Mathilda nicht mehr zurückhalten, und es platzt aus ihr heraus: «Kannst du mir jetzt bitte mal sagen, was los ist?»

«Das weißt du doch ganz genau, Mathilda», sage ich so ruhig wie möglich und überprüfe währenddessen ihre Reaktion über den Rückspiegel.

«Nein», erwidert sie pampig. «Weiß ich nicht. Sonst würde ich ja auch nicht fragen. Also sag jetzt: Was ist los?»

«Du hast mich hintergangen. Das ist los.»

«Hä?» Sie verzieht das Gesicht. «Warum habe ich dich hintergangen? Wann denn?»

«Warum, weiß ich nicht. Wann? Die ganze Zeit», antworte ich.

«Aha. Und wie habe ich dich angeblich hintergangen?»

«Du hast mir verschwiegen, dass du einen Freund hast.»

Über den Rückspiegel sehe ich, dass Mathilda für einen ganz kurzen Moment die Gesichtszüge entgleiten, doch eine Sekunde später hat sie sich wieder unter Kontrolle. Sie scheint wirklich eine ausgesprochen talentierte Lügnerin zu sein. «Hä? Welcher Freund», fährt sie im gleichen Ton wie zuvor fort. «Ich habe keinen Freund. Das habe ich schon mal gesagt.»

«Mathilda, lass es, ich weiß es einfach. Und auch das, was ihr vorhattet.»

Über den Spiegel sehe ich, wie ihr jetzt doch langsam, aber sicher die Kontrolle über ihre Gesichtsmuskulatur entgleitet. «Wie, was wir vorhatten? Was hatten wir denn vor? Und wer überhaupt?» Sie denkt angestrengt nach. «Woher weißt du das überhaupt mit meinem Freund. Ich meine, woher glaubst du das zu wissen?»

«Ich weiß es einfach», sage ich leise und überlege mir dabei, wie ich das Gespräch wieder hin zu dem, was ich herausgefunden habe, lenken könnte und weg von dem, wie ich es herausgefunden habe.

Doch Mathilda ist jetzt natürlich misstrauisch geworden. «Also, woher weißt du es oder glaubst es zu wissen? Hast du mir irgendwo ein Mikrophon angeklebt, oder was?»

«Quatsch», erwidere ich schnell und bemerke, noch bevor ich das kurze Wort überhaupt ganz ausgesprochen habe, wie falsch und verräterisch es klingt.

Mathilda blickt mich mit zusammengekniffenen Augen an. «Du bist ein schlechter Lügner, Papa.» Sie blickt eine Weile mit grüblerischem Gesichtsausdruck zu mir nach vorne. «Also: Hast du mir ein Mikrophon angeklebt? Und wenn ja: Wo ist es?»

Ich schaue nach vorne auf die Straße, schüttle leicht den Kopf und versuche ansonsten mein Gesicht in eine versteinerte Maske zu verwandeln, um mich nicht ein weiteres Mal zu verraten.

Mathilda beginnt ihre Kleidung abzusuchen, wird aber nicht fündig. Dann untersucht sie ihre Tasche, wo sie ebenfalls nichts findet.

Sie lehnt sich zurück, taxiert mich und denkt weiter nach. Schließlich hat sie eine Idee: «Oder hast du was mit meinem Handy gemacht?»

«Nein!», sage ich ein wenig zu laut, aber es genügt schon, dass Mathilda mich durchschaut.

«Du hast was mit meinem Handy gemacht? Das gibt's ja wohl nicht!» Sie holt es heraus und inspiziert es, entdeckt aber nichts, was mich verraten könnte, dennoch bleibt sie felsenfest von ihrer Theorie überzeugt. «Na klar. Es muss so sein. Du hast mir das Handy ja auch einfach so geschenkt. Ohne Anlass.»

«Der Anlass war doch der IQ-Test», erinnere ich sie.

«Das hat mich da schon gewundert. Warum schenkst du mir so etwas Teures für einen Test, den ich gar nicht bestanden habe?»

«Bei einem IQ-Test kann man nicht nicht bestehen», versuche ich, die Sache irgendwie noch zu drehen.

Doch es gelingt nicht. Mathilda lässt sich nicht bremsen. «Das ist doch gar nicht deine Art. Mir etwas so Teures schenken, dafür, dass ich doch nicht hochbegabt bin. Du musst irgendwas mit dem Handy gemacht haben. Es geht gar nicht anders. Du musst.»

Jetzt hat sie mich in die Enge getrieben, und es ist einzig und allein meine Schuld. Ich hätte mir vorher eine bessere Strategie zurechtlegen sollen, wie ich meinen Wissensvorsprung erkläre. Jetzt ist es zu spät. Aus Mangel an anderen Möglichkeiten entschließe ich mich für die Flucht nach vorne. «Gut. Ich gebe es zu. Du hast recht. Ich habe auf deinem Handy eine Abhörsoftware installiert. Aber es war wirklich nur zu deinem Besten. So, jetzt weißt du es.»

Obwohl Mathilda diese These selbst aufgebracht hat, wirkt sie nach meiner Bestätigung nun doch ganz schön erschüttert. «Du hast mich wirklich abgehört? Papa! Das gibt's doch wohl nicht! Wie lange denn schon?»

«Ein paar Wochen.»

«Ein paar Wochen?!» Ihre Stimme überschlägt sich fast. «Und was hast du alles gehört?»

«Na, alles.»

«Alles?!» Mathilda schnappt nach Luft. «Das ... das ist der größte Vertrauensbruch, den man sich vorstellen kann. Das werde ich dir nie verzeihen. Nie!»

«Das wirst du. Da bin ich mir sicher. Denn irgendwann wirst du verstehen, dass ich es nur gemacht habe, um dich zu beschützen.»

«Pah, beschützen. Vor was denn?»

«Vor dir selbst zum Beispiel. Und der Tag heute hat ja auch gezeigt, dass das bitter nötig ist. Denn wenn ich nicht gekommen wäre, dann hättest du doch spätestens in den nächsten Tagen mit diesem Jungen geschlafen.»

«Papa, ich bitte dich.»

«Du bist erst vierzehn, Mathilda, vergiss das nicht!»

Mathilda verzieht das Gesicht zu einem spöttischen Ausdruck. «Vielleicht habe ich ja auch schon mit ihm geschlafen.»

«Hast du?» Ich drehe mich ruckartig zu ihr um. Dabei

komme ich wohl ein wenig von der Spur ab, denn der Fahrer des Wagens neben mir drückt aufgeregt auf die Hupe. Ich ziehe zurück auf meine Fahrbahn und entschuldige mich mit einer Geste.

«Also, hast du?», wiederhole ich meine Frage, dieses Mal, ohne mich dabei umzudrehen.

«Sag ich nicht», erwidert sie und zieht dabei triumphierend die Augenbrauen nach oben. «Kann sein, kann aber auch nicht sein. Du wirst es nie erfahren.»

«Hast du nicht», entgegne ich entspannt. «Denn wenn du hättest, würdest du jetzt damit prahlen.»

Mathilda schüttelt fassungslos den Kopf und blickt dann aus dem Fenster. «Und überhaupt, was wäre so schlimm daran? Mit jemandem zu schlafen, den man liebt, ist doch wohl das Schönste, was man sich vorstellen kann. Zumindest, wenn man normal ist. Aber das bist du ja nicht.»

Harter Tobak, der mir da von der Rückbank aus entgegenschlägt. Trotzdem schweige ich und konzentriere mich auf die Straße, bevor ich noch mal in eine heikle Situation wie eben gerate.

Mathilda hindert das aber nicht, sich langsam in Rage zu reden. «Für dich ist es das Schlimmste! Weil du nicht mehr weißt, wie es ist, jemandem nah zu sein. Weil du dich nicht mehr traust. Weil du dich lieber an alte Erinnerungen klammerst und alle vergraulst, die dir nahekommen wollen. Weil du Angst hast vor der Unordnung. Weil du lieber innerlich sterben willst, anstatt zu leben.»

«Mathilda, jetzt ist aber auch mal gut, oder?», versuche ich einzuhaken, aber sie ist nicht zu bremsen.

«Aber ich will nicht so leben wie du. Und nicht so werden wie du. Ich will leben! Verstehst du?! L, E, B, E, N.»

«Ja, Mathilda, das verstehe ich», sage ich, langsam ein wenig genervt. «Und du kannst das auch. Kein Problem. Sobald du achtzehn bist. Aber bis dahin bleibst du erst mal bei mir. So, und jetzt schweige bitte, bis wir zu Hause sind. Ich muss mich auf den Straßenverkehr konzentrieren.»

Mathilda blickt mich wütend und mit offenem Mund vom Rücksitz aus an.

Einige Minuten später biege ich auf das Gelände einer Tankstelle ein. Ich brauche jetzt dringend eine Erfrischung.

«Willst du auch was zu trinken oder ein Eis, um dich ein bisschen abzukühlen? Ich glaube, du hast es nötig.»

«Nein.»

«Auch gut.» Ich steige aus und gehe in das Tankstellengebäude.

Aus dem Kühlregal nehme ich zwei Flaschen Wasser und aus der Gefriertruhe zwei Eiswaffeln. Eine für mich und eine für Mathilda. Ich bin mir sicher, sie wird sie nicht ablehnen, sobald sie sie mal in Händen hält. Süßigkeiten hat sie noch nie abgelehnt.

Dann zahle ich und gehe zurück zum Auto.

Kurz bevor ich einsteigen will, bemerke ich, dass Mathilda nicht mehr darin sitzt.

Ich stutze, öffne die hintere Tür, um auch wirklich sicherzugehen.

Das Auto ist leer.

Auf der Toilette kann sie nicht sein, denn dafür hätte sie sich an der Kasse den Schlüssel holen müssen, und ich hätte sie dabei gesehen.

Ich gehe einmal um den Wagen herum.

Auch dort sehe ich sie nicht, genauso wenig wie auf dem gesamten Tankstellengelände.

Sie ist weg. Verschwunden.

Ich merke, wie Panik in mir aufsteigt.

29

Die Panik in mir nimmt noch weiter zu, als ich realisiere, dass Mathilda ihren Reisekoffer mitgenommen hat. Denn das zerstört meine Hoffnung endgültig, dass sie sich nur einen kleinen Rachescherz erlaubt und – sobald sie diesen ausgekostet hat – mit einem schelmischen Grinsen hinter der nächsten Ecke wieder auftaucht. Nein, diese Möglichkeit erscheint jetzt mehr als unwahrscheinlich.

Eilig suche ich mein Handy und wähle Mathildas Nummer. Es geht direkt die Mailbox ran. «Mathilda, wo bist du denn? Komm bitte sofort zurück zum Auto. Das ist nicht lustig. Ich warte auf dich.»

Ich lege auf und denke nach. Dann öffne ich die Child-Tracking-App. Ich glaube zwar nicht, Mathildas Handy orten zu können, wenn es ausgeschaltet ist, aber versuchen muss ich es. Doch wie erwartet bekomme ich ihren aktuellen Standort nicht angezeigt und auch kein Ton- oder Bildsignal.

Was jetzt?

Ich laufe zurück in das Tankstellengebäude und bitte die Verkäuferin, mich anzurufen, falls meine Tochter – ich zeige ihr ein Bild auf meinem Handy – hier doch wieder-auftauchen sollte. An dem gelangweilten Nicken meines

Gegenübers kann ich allerdings nicht ablesen, ob sie das auch wirklich tun wird oder mich einfach so schnell wie möglich wieder loswerden möchte. Dass ein Kind verschwindet, kommt in ihrem Leben offenbar mehrmals täglich vor.

Dann renne ich zurück zu meinem Wagen, springe hinein und fahre die Straßen in der unmittelbaren Umgebung der Tankstelle ab. Weit kann sie ja noch nicht gekommen sein. Doch nach zwanzig Minuten des planlosen Umherfahrens habe ich sie immer noch nicht gefunden.

Ich fahre rechts ran, nehme ein weiteres Mal mein Handy zur Hand und hinterlasse eine zweite Nachricht auf der Mailbox meiner Tochter. «Mathilda, bitte, ruf mich an und sag mir, wo du bist, dann komme ich dich holen. Ich bin dir auch nicht böse. Wir können über alles reden. Also bitte, ruf mich an. Ich hab dich sehr lieb.»

Ich lege auf und starre das Handy noch eine Weile an. Was kann ich jetzt noch tun?

Ich spiele kurz mit dem Gedanken, Mathildas Freundinnen anzurufen, bis mir einfällt, dass die ja alle in ihre Klasse gehen und deshalb nun auf dem Weg nach Paris sind. Freundinnen außerhalb ihrer Klasse hat sie meines Wissens keine.

Und an Vertrauenspersonen, an die sie sich wenden könnte, fällt mir im Moment nur Gudrun ein. Aino schließe ich aus, denn Mathilda kennt weder ihre Telefonnummer noch ihre Adresse.

Gudrun geht nach dem zehnten Klingeln endlich ran. «Nein, bei mir ist sie nicht», erwidert sie verwundert. «Ich dachte, sie ist in Paris?»

«Ja, da hätte sie auch sein sollen», beginne ich zögernd, «aber es ist was dazwischengekommen.»

«Was dazwischengekommen?», fragt Gudrun erstaunt. «Aha. Und was bitte?»

«Das ist ein längere Geschichte», blocke ich ab.

Gudrun gibt sich unbeeindruckt. «Na, dann erzähl mal. Ich hab grade Zeit.»

«Ich aber nicht», sage ich ein wenig zu barsch und setze das Gespräch dann in etwas sanfterem Ton fort. «Ich rufe dich später noch mal an und erzähle dir alles, ja?» Dann lege ich auf, ohne auf ihre Antwort zu warten, und fahre nach Hause.

Als ich die Tür zu unserer Wohnung aufschließe, habe ich ganz kurz die Hoffnung, Mathilda hier zu finden. Zum Beispiel in der Küche sitzend bei einer Tasse Kakao, in einer Zeitschrift blätternd und mich zur Strafe ignorierend. Doch die Wohnung ist menschenleer und exakt so, wie ich sie vor fast zwei Stunden verlassen habe. Ich sehe trotzdem in jedem Zimmer nach, um auch wirklich sicherzugehen. Aber da ist nichts außer dem Staub, der in der Luft tanzt.

In Mathildas Zimmer lege ich mich auf ihr Bett und versuche einen klaren Gedanken zu fassen. Ich sehe das ganze Chaos und ärgere mich kurz darüber, bis ich merke, wie bescheuert das in diesem Moment ist. Wie bescheuert es überhaupt ist. Auf ihrem Nachttisch liegen Bücher. Hauptsächlich Sachbücher zu verschiedenen Themen, die sie sich aus der Bibliothek ausgeliehen hat. Eines über Veterinärmedizin und ein weiteres über Erziehung. Sie scheint sich wirklich ernsthaft mit ihren Berufswünschen auseinanderzusetzen. Auch ein Buch übers Zeichnen liegt dort. Mit kleinen Skizzen darin, die sie von sich selbst angefertigt hat. Kleine Porträts in verschiedenen Situationen, die Titel tragen wie «Ich beim Zähneputzen» oder «Ich beim nicht Hausaufgaben machen». Die Bilder sind wirklich gut geworden. Mathilda hat einen guten Blick auf sich selbst. Keinen idealisierenden, sondern einen sehr realistischen, aber dennoch liebevollen und manchmal ironischen.

Ich frage mich, ob ich diesen Blick auf sie auch habe. Oder ob mein Blick auf sie mittlerweile ziemlich getrübt ist. Ich nehme mir vor, darüber bei nächster Gelegenheit ausführlicher nachzudenken. Jetzt gibt es anderes zu tun. Ich stehe auf und atme tief ein. Es hilft nichts. Ich muss zur Polizei.

Die junge Polizeimeisterin Anja Siebert kümmert sich ganz rührend um mich. Ich bekomme einen Kamillentee und einen Keks, danach hört sie mir aufmerksam zu, nickt immer mal sehr verständnisvoll, fragt nach, wenn ihr etwas unklar ist, und tippt anschließend die harten Fakten mit nur einem Finger in ihren anachronistischen Computer.

«Die Meldung geht jetzt gleich an alle Dienststellen raus, Herr Schulz», bekräftigt sie in mitfühlendem Ton. «Aber stellen Sie sich bitte darauf ein, dass es noch eine ganze Weile dauern kann, bis Ihre Tochter gefunden wird. Die Stadt ist groß. Wenn hier einer nicht gefunden werden will und ein paar Verstecke kennt, dann wird er so schnell auch nicht gefunden.»

Das ist beileibe nicht die Aussage, die ich mir gewünscht habe, und meine Hoffnungslosigkeit scheint sich auch in meinem Gesichtsausdruck widerzuspiegeln, denn Polizeimeisterin Siebert fährt in beruhigendem Ton fort: «Sehr viele Kinder kommen nach wenigen Stunden von ganz allein wieder nach Hause zurück. Haben Sie Geduld und geben Sie Ihrer Tochter etwas Zeit. Wir tun trotzdem unser Möglichstes, ja?»

Ich nicke und bedanke mich. Als ich jedoch aufstehen will, bittet sie mich, doch noch kurz zu bleiben, denn eben sei eine Anzeige gegen mich wegen gefährlichen Eingriffs in den Straßenverkehr eingegangen. Erstattet hat sie natürlich der Busfahrer von Mathildas Reisegruppe.

Ich gebe zerknirscht zu, dass diese Anzeige unter Umständen berechtigt sein könnte, und kündige an, eine mögliche Strafe ohne Widerspruch akzeptieren zu wollen.

Vor der Polizeistation hinterlasse ich Mathilda eine dritte Nachricht auf ihrer Mailbox. «Mathilda, mein Schatz, ich bin es noch mal. Ich war gerade bei der Polizei. Ich mache mir große Sorgen um dich. Ruf mich bitte an, sobald du das hörst. Bitte, bitte. Ich weiß, dass ich Fehler gemacht habe, das habe ich mittlerweile eingesehen. Bitte lass uns über alles reden. Ich liebe dich. Sehr. Dein Papa.»

Einer spontanen Eingebung folgend, mache ich mich anschließend auf den Weg zu Isas Grab. Es könnte ja sein, dass Mathilda in diesem Punkt die Wahrheit gesagt hat und sie tatsächlich öfter dorthin geht, um Ruhe zu finden.

Als ich am Dorotheenstädtischen Friedhof ankomme, ist aber schnell klar, dass sich diese Hoffnung nicht erfüllen wird. Mathilda ist nicht dort und taucht auch in der folgenden Stunde nicht auf, die ich, hoffend und bangend, auf meiner Bank verbringe.

«Du bist ja leichenblass», sagt Gudrun mit erschrockenem Gesichtsausdruck, als ich mich auf meinem Stammplatz bei den Zwölf Elfen niederlasse.

«Ich komme auch gerade vom Friedhof», versuche ich ungelenk einen Witz zu machen, doch der misslingt grandios.

Gudruns Gesicht bleibt ernst und voller Besorgnis.

«Mathilda ist abgehauen», sage ich schließlich mit einem Kloß im Hals. Es fällt mir schwer, das auszusprechen, denn je öfter ich das tue, umso mehr wird es zur Realität.

«Was? Wie, abgehauen?» Auch in ihren Augen sehe ich jetzt Angst. «Was ist passiert?»

«Wir hatten einen Streit», erkläre ich mit gesenktem Blick. «Und dann war sie plötzlich weg. Ich hab sie überall gesucht, aber nicht gefunden. Ich war auch schon bei der Polizei und habe eine Vermisstenanzeige aufgegeben. Ich weiß nicht mehr, was ich jetzt noch tun kann», sage ich mit zittriger Stimme und merke, dass ich kurz davor bin, in Tränen auszubrechen.

Falls Gudrun auch nur den geringsten Zweifel an meiner Schilderung gehabt hätte, wäre der jetzt verschwunden. Sie setzt sich zu mir an den Tisch und blickt mich mitfühlend an. «Erzähl doch mal. Was ist denn genau passiert?»

Und das tue ich dann auch. Ich erzähle alles. Auch das, was sie schon weiß. Ich erzähle einfach alles noch mal von vorne. Von der ersten schlechten Note und dem darüber geklebten Post-it über den frisierten Stundenplan bis hin zum heutigen Tag, an dem ich von ihrem geheimen Freund erfahren habe und die Sache dann mächtig eskaliert ist. Stichwort gefährlicher Eingriff in den Straßenverkehr. Und natürlich der sich daran anschließende Streit im Auto.

Gudrun blickt mich abwechselnd ungläubig mit großen Augen an oder schüttelt einfach nur entsetzt den Kopf. Ich hingegen kann meine Tränen das eine oder andere Mal nicht zurückhalten oder stocke, weil ich wegen des Kloßes im Hals nicht weitersprechen kann.

Als ich fertig bin, schlingt Gudrun ihre Arme um mich und hält mich lange fest. Irgendwann löse ich mich, wische mir die Tränen aus den Augen und blicke auf die Uhr. «Es ist spät geworden. Ich gehe jetzt besser mal nach Hause und versuche ein paar Stunden zu schlafen.»

Gudrun nickt. «Ruf mich gleich an, sobald es was Neues gibt.»

«Ja. Mache ich. Und danke für alles.»

«Nicht dafür.»

Ich verlasse die Zwölf Elfen, überquere die Straße und bin gerade kurz davor, den Park in Richtung meiner Wohnung zu durchqueren, da kommt mir Gudrun hinterhergerannt. «Sebastian, warte. Ich glaube, ich weiß, wo sie sein könnte.»

30

Um 23:04 Uhr parke ich mein Auto auf dem großen Parkplatz vor der KGA Buntspecht. Gudrun und ich springen heraus und legen den restlichen Weg zu ihrer Parzelle zu Fuß zurück. Und zwar rennend. So schnell, wie ich bisher selten in meinem Leben gerannt bin.

Als Gudrun vorhin ihre Vermutung ausgesprochen hat, da war ich über meine Betriebsblindheit dann doch einigermaßen entsetzt, denn ihr kleines Schrebergartenhäuschen erfüllt alle Kriterien eines guten Verstecks. Es gibt ein Bett, Lebensmittel, eine Toilette, Waschmöglichkeiten, Strom, und das Grundstück ist von außen aufgrund der hohen Buchsbaumhecke nur schwer einsehbar. Zudem weiß Mathilda, wo der Schlüssel ist, nämlich im Hohlraum des Gartenzwerges mit der Schubkarre, und Gudrun und Martin hatten ihr bereits mehrfach angeboten, die Datsche zu nutzen, wann immer sie möchte.

Als wir uns der Parzelle nähern, werden unsere Schritte langsamer. Mein Herz pocht dafür jetzt umso schneller. Bis auf eine spärliche Beleuchtung des Weges liegt die gesamte Anlage im Dunkeln. In einigen wenigen Häuschen brennt Licht.

Ich öffne das kleine Gartentürchen, gehe ein paar Schritte, biege den Ast eines Apfelbaums zur Seite, der mir die Sicht verdeckt, und sehe, dass sich Gudruns Geistesblitz zu bestätigen scheint. Durch eines der Fenster des kleinen Häuschens schimmert Licht.

«Allein oder zu zweit?», flüstert mir Gudrun konspirativ zu.

«Ich glaube, ich spreche erst mal allein mit ihr», erwidere ich, ebenfalls flüsternd. «Wenn das kein Problem für dich ist.»

«Nein, ist kein Problem. Überhaupt nicht. Ich warte im Auto. Gib mir mal den Schlüssel.»

Ich hole ihn aus meiner Hosentasche und reiche ihn Gudrun.

«Aber sei nicht zu hart zu ihr», raunt sie mir noch im Weggehen zu.

Ich nicke und nähere mich dann leise über den Weg aus bemoosten Steinplatten dem Häuschen. Als ich nah genug bin und ins Innere sehen kann, fällt mir ein meteoritengroßer Stein vom Herzen.

Mathilda sitzt auf dem Bett und liest.

Ich beobachte sie einige Sekunden dabei, bis ich mir schließlich einen Ruck gebe und zaghaft an die Scheibe klopfe.

Mathilda zuckt vor Schreck zusammen und kauert sich auf den Boden. «Wer ist da?», fragt sie mit ängstlicher Stimme.

«Ich bin's, Mathilda», sage ich in beruhigendem Ton. «Du brauchst keine Angst zu haben.»

«Papa?»

«Ja.»

«Was willst du?»

«Ist das nicht klar, was ich will?»

Keine Antwort.

«Kann ich reinkommen?»

«Wenn's sein muss.»

«Ja, ich glaube, es muss sein.»

Ich öffne vorsichtig die Tür und gehe ins Häuschen.

Mathilda sitzt inzwischen wieder auf dem Bett und widmet sich demonstrativ ihrem Buch.

Ich nähere mich langsam und setze mich schließlich ebenfalls aufs Bett. Sie blickt nicht auf.

«Ich möchte mich bei dir entschuldigen», sage ich nach einer Weile.

Ein Hauch von Irritation huscht ganz kurz über ihr Gesicht, doch sie hat sich schnell wieder unter Kontrolle.

«Ich habe einen Fehler gemacht», fahre ich fort. «Also nicht nur einen, ich habe viele Fehler gemacht. Ich wollte es gut machen, ein guter Vater sein, aber stattdessen habe ich so viel falsch gemacht.»

«Gut gemeint ist das Gegenteil von gut gemacht», fällt Mathilda dazu ein.

«Ich wollte dich beschützen ... das will ich auch immer noch ... aber so wie ich es bisher getan habe, war es falsch. Das weiß ich jetzt. Ich habe mich mehr von Angst leiten lassen anstatt von Liebe.»

Jetzt endlich löst sich Mathildas Blick von ihrem Buch und wandert zu mir.

«Von der Angst, einen weiteren geliebten Menschen zu verlieren, wenn ich nicht gut genug auf ihn aufpasse. Nachdem Mama gestorben ist, wäre das das Allerallerschlimmste, was passieren könnte. Dass ich dich auch noch verliere.»

Mathilda nimmt meine Hand in die ihre.

«Aber die Sache ist ein bisschen aus dem Ruder gelaufen. Irgendwann habe ich wohl die Grenze zur ungesunden Kontrolle überschritten und das gar nicht so recht bemerkt. Dabei wäre es viel klüger gewesen, dir einfach zu vertrauen, dass du schon selbst weißt, was gut für dich ist und was nicht.»

Mathilda nickt eifrig.

«So, wie es mir Gudrun immer geraten hat. Auf Gudrun zu hören, wäre eh eine gute Idee gewesen. Ihre Ratschläge sind gar nicht so schlecht, wie sie sich im ersten Moment anhören. Aber sag ihr das bitte nicht, ja? Sonst hebt sie wieder ab, und ich will meinen Ruf, dass ich beratungsresistent bin, auch nicht verlieren. Ein guter Ruf ist viel wert.»

Mathilda schmunzelt. «Ja, bleibt unser Geheimnis.»

Ich freue mich sehr drüber, dass ich mein Kind immer noch zum Lächeln bringen kann, und genieße den Moment. Aber nur kurz. Dann werde ich wieder ernst und fahre fort: «Und weil ich dir nicht vertraut habe, habe ich genau das Gegenteil von dem erreicht, was ich eigentlich erreichen wollte. Du hast dich von mir entfernt und bist erst dadurch in Gefahr geraten. Und das war wirklich ziemlich bescheuert von mir.» Ich hole einmal tief Luft. «Ich verspreche dir, auf Abhörmaßnahmen jeder Art künftig zu verzichten und deine Privatsphäre zu achten. Denn du bist die absolut allerwichtigste Person in meinem Leben und wirst das auch immer bleiben, und es macht mich ganz krank, wenn wir uns nicht verstehen, und deshalb möchte ich dich fragen, ob wir eventuell, unter Umständen, wenn du damit einverstanden bist, noch mal alles auf null stellen können? Und zusammen von vorne anfangen?»

«Ja, Papa. Das können wir.» Mathilda fällt mir um den Hals und drückt mich fest. So fest, dass ich fast keine Luft mehr bekomme.

«Schön», erwidere ich mit gepresster Stimme. «Das ist wirklich sehr schön.»

Sie löst sich aus der Umarmung, und ich sehe, dass auch sie ganz feuchte Augen hat. Ich streiche ihr mit der Hand über den Kopf. «Geht's dir denn sonst gut?»

Sie nickt und wischt sich die Tränen aus den Augen. «Ja, mir geht's gut. Und wie geht's dir?»

«Mir geht's jetzt auch wieder gut», erwidere ich, «jetzt, wo ich weiß, dass es dir gut geht, geht's mir auch wieder gut. ... Hattest du denn gar keine Angst? Hier nachts, so ganz allein?»

«Doch. Ich hatte schon ziemlich viel Angst», erwidert Mathilda mit brüchiger Stimme. «Aber ich habe mir gesagt: Nur wer durch die Angst geht, der kann auch wachsen.»

Sehr schön. Wieder so ein Kalenderspruch. Na ja, es gibt Schlimmeres.

Ich lächele und drücke sie ein weiteres Mal fest an mich.

31

Am nächsten Tag sitzen Mathilda und ich in meinem Wagen und fahren über die Autobahn in Richtung Frankreich. In diesen sauren Apfel muss ich beißen, um ihr zu beweisen, dass das, was ich gestern gesagt habe, nicht nur leere Worthülsen waren, sondern ich es wirklich ernst meine mit unserem gemeinsamen Neustart.

Einen weiteren Beweis meiner Ernsthaftigkeit habe ich heute bereits kurz nach dem Frühstück erbracht, denn da waren wir in einem Mobilfunkgeschäft, um Mathilda ein neues Handy zu kaufen. Eines, das noch in Zellophan verpackt war und sie so sicher sein konnte, dass ich darauf garantiert keine Überwachungs-Apps vorinstalliert habe. Und damit das so bleibt, hat sie ihre neue Errungenschaft auch, seitdem wir das Geschäft verlassen haben, nicht eine Sekunde mehr aus der Hand gelegt.

Jetzt sitzt sie neben mir auf dem Beifahrersitz und recherchiert. Ja, im mobilen Internet. Das ist möglich, da sie mir neben dem neuen Gerät auch gleich noch einen Vertrag mit unbegrenztem Datenvolumen aus dem Kreuz geleiert hat. Sie weiß einfach, wann man Forderungen stellen kann, nämlich dann, wenn der Gegner fast k.o. am Boden liegt und sich nicht wehren kann oder möchte.

Die Ergebnisse ihrer Recherche sehen folgendermaßen aus: «Papa, da steht, dass man Strafanzeige stellen kann, wenn man herausbekommt, dass einem jemand Abhörsoftware auf seinem Telefon installiert hat.»

«Ah, das ist ja interessant», sage ich, meine es aber natürlich nicht so.

«Ja, nicht?», fährt Mathilda fort, das Thema und ihr unbegrenztes Datenvolumen sichtlich genießend. «Denn so etwas ist nicht nur illegal, sondern auch strafbar. § 201 StGB: Verletzung der Vertraulichkeit des Wortes. Wusstest du das?»

Ich schlucke. «Nein. Das wusste ich nicht.»

«Jetzt weißt du es.»

«Ja, jetzt weiß ich es.»

«Strafmaß: Bis zu drei Jahren Gefängnis oder eine saftige Geldstrafe.»

«Doch so viel, ja?», sage ich ehrlich erstaunt.

«Ja, ja, doch so viel. Es gibt auch so Labors, wo man sein Handy hinschicken kann, und dort wird es einer forensischen Untersuchung unterzogen und ein Gutachten erstellt, in dem steht, ob sich darauf Software befindet, die zum illegalen Abhören von Gesprächen verwendet werden kann. Super, oder? Und das Gutachten kann man dann seiner Strafanzeige beilegen. Oder vor Gericht verwenden.»

«Vielleicht solltest du Anwältin werden. Mit deinem ausgeprägten Gerechtigkeitssinn. Oder Staatsanwältin. Oder Richterin.»

«Ja, vielleicht. Und dann habe ich noch etwas gefunden. Willst du es hören?»

«Ich glaube nicht, Mathilda», sage ich ernst, denn langsam habe ich genug davon. «Und ich würde mir wünschen, wenn du deine Recherche zu dem Thema jetzt beenden könntest. Ich weiß, ich habe einen Fehler begangen. Aber zu einem Neustart gehört eben auch, dass man das nicht immer wieder neu aufkocht, sondern es auch mal gut sein lässt.»

Mathilda blickt mich lange an. Dann legt sie das Handy zum ersten Mal während dieser Fahrt aus der Hand und verstaut es schließlich in ihrer Tasche. «Okay. Einverstanden.» Sie lächelt und dreht die Musik an.

Nach einigen Minuten, in denen wir gebannt den größten Hits der achtziger, neunziger und nuller Jahre gelauscht haben, kommt mir der Gedanke, dass ich erziehungstechnisch langsam mal wieder einen Fuß in die Tür bekommen sollte. Ich drehe die Musik ein wenig leiser und beginne zaghaft: «Also, da wir uns ja jetzt ausgesprochen haben, wollte ich noch ein paar kurze Gedanken bezüglich Verhütung loswerden ...»

«Papa, bitte! Lass es einfach», unterbricht mich Mathilda rüde. «Ich weiß, was Verhütung ist, und ich weiß, wie es funktioniert. Außerdem möchte ich mit dir über dieses Thema nicht reden. Das habe ich schon mit Gudrun. Ende des Gesprächs.»

Spricht's und dreht die Musik wieder lauter.

Na, hat ja super geklappt. Der erziehungstechnische Fuß muss wohl noch ein bisschen warten. Bis nach der Reise.

Kurz darauf scheint Mathilda noch etwas einzufallen, denn sie dreht wieder leiser. «Und überhaupt, glaubst du wirklich, ich habe mit meinem Freund in einer Jugendherberge Sex? Wo uns jederzeit jemand aus meiner Klasse überraschen könnte? Oder schlimmer noch: Frau Hackentrick oder Herr Lohbart?»

«Nun ja», erwidere ich zögernd. «Irgendwie hatte ich das schon geglaubt ...»

«Ach, Papa.»

«Also nicht?»

«Nein, natürlich nicht! Was denkst du nur von mir?», fragt sie empört und dreht die Musik dann, ohne meine Antwort abzuwarten, wieder laut.

Wenige Sekunden später drehe ich wieder leiser.

«Was ist denn jetzt noch?»

«Aber du stellst ihn mir bald mal vor, ja? Deinen Freund, meine ich.»

«Ja, Papa, das mache ich.»

Sie wirft mir einen zufriedenen Blick zu, dann dreht sie die Musik wieder auf.

Wir kommen gut voran, halten nur ganz kurz zum Tanken und für eine Kurzvisite auf der Toilette und kommen dann um exakt 19:00 Uhr an der Auberge Internationale des Jeunes in Paris an. Mathildas Klassenkameraden trudeln gerade nach und nach im Speisesaal ein, als wir dazustoßen.

Frau Hackenbeck, die sich gerade reichlich am insgesamt recht spartanischen Abendbuffet bedient, benötigt ein paar Sekunden, um unser Erscheinen dort richtig einzuordnen. «Mathilda! Herr Schulz! Ich ... ach, reden wir einfach nicht drüber. Setz dich, Mathilda, iss etwas, und deinen Vater hoffe ich die nächste Woche nicht mehr zu sehen und auch nicht mehr zu hören. Können wir uns darauf einigen, Herr Schulz?»

«Ja, können wir», erwidere ich und ziehe leicht beschämt die Schultern hoch.

Mathilda wird währenddessen von ihren Klassenkameraden begrüßt. Von einem Drittel mit launigen Bemerkungen, von einem Drittel mit einem Kopfnicken, von einem Drittel mit einer herzlichen Umarmung und von Fabian Lauenstein mit einem flüchtigen Kuss, den Mathilda aber entschlossen in einen langen Zungenkuss umwandelt, während dem sie mich demonstrativ ansieht.

In mir regt sich der Impuls, sofort einzuschreiten, doch dieses Mal sind die Kontrollmechanismen in meinem Körper stärker. Einatmen, ausatmen, einatmen, ausatmen. Ich zähle in Gedanken bis zehn, dann drehe ich mich um und verlasse die Jugendherberge mit entschlossenen Schritten.

Nach einer traumlosen Nacht in einer kleinen romantischen Pension, die so ganz allein ganz und gar nicht romantisch ist, trete ich am nächsten Morgen die Rückfahrt nach Hause an, während der ich sehr viel Zeit habe, um über mein Leben nachzudenken und darüber, welche Veränderungen ich vornehmen möchte.

Am späten Nachmittag sitze ich dann im Wartezimmer von Aino Mäkinens Tierarztpraxis mit einem Karton auf dem Schoß.

Irgendwann öffnet sich die Tür zum Behandlungszimmer, und Aino kommt in ihrem weißen Arztkittel heraus und blickt mich überrascht an. «Oh, Lore Lachmund. Welch Überraschung.»

Ich folge ihr ins Sprechzimmer, stelle meinen Karton auf den Behandlungstisch und deute darauf. «Mein Meerschweinchen hat Probleme.»

Aino blickt mich skeptisch an. «Hätte ich auch, so ganz ohne Luftlöcher.» Sie hebt vorsichtig den Deckel ab, lächelt, nimmt dann das Plüschmeerschweinchen heraus, anschließend die ebenfalls darin befindliche Karte und liest laut vor, was darauf steht.

«Liebe Aino! Entschuldige, dass ich mich so lange nicht bei dir gemeldet habe. Ich stand mir ein wenig selbst im Weg, doch nun ist dieses Problem gelöst, und ich würde mich wahnsinnig freuen, dich demnächst zum Essen einladen zu dürfen und dir alles zu erzählen.»

Sie sieht auf, lächelt, und wir beide blicken uns tief in die Augen. So lange, dass sich das Zeitfenster, in dem ein Kuss möglich ist, fast wieder schließt. Doch dieses Mal nehme ich all meinen Mut zusammen, nähere mich ihr langsam und küsse sie dann. Und dabei denke ich ausschließlich an sie und nur an sie.

32

Drei Monate später gebe ich das fertige Manuskript von *Sabine und der Sultan* bei Heiko ab. Der freut sich wie ein Schnitzel, aber nur bis zu dem Zeitpunkt, an dem ich ihm eröffne, dass dies mein vorerst letzter Liebesroman gewesen ist. Ich bin nämlich mittlerweile zu der Erkenntnis gekommen, dass Heiko mit seiner einst geäußerten Befürchtung, mir würde langsam der ‹Sprit› ausgehen, durchaus recht hat. Ich fühle mich in der Tat ein wenig abgenutzt und werde deshalb vorerst eine kleine Pause einlegen.

Und nach dieser Pause werde ich mich wieder meinen Wurzeln widmen. Schriftstellerisch gesehen. Teil zwei von *Das Raunen der Regenwürmer* wird es vermutlich nicht geben, aber vielleicht etwas in der Art. Oder auch ein Kinderbuch. Ich habe für Mathilda viele kleine Geschichten geschrieben, als sie klein war, vielleicht reicht es ja für eine Veröffentlichung. Wir werden sehen.

Danach gehe ich zu Frau Dr. Bruchshagen-Dommstedt. Ganz richtig. Ich habe mich mittlerweile entschlossen, doch die von ihr empfohlene Therapie zu machen und an ein paar ‹Fragestellungen› zu arbeiten. Was da alles zutage kommt, meine Güte. Über was genau wir da sprechen, werde ich natürlich nicht verraten, aber ich muss zugeben: Es tut mir richtig gut. Hätte ich nicht gedacht.

Mathildas Handy mit Dirksens Child-Tracking-App liegt jetzt ganz unten in meiner Nachttischschublade. Ich werde es behalten, als Warnung für mich. Es bleibt mir auch nichts anderes übrig, denn als ich von meinem umfangreichen Rückgaberecht Gebrauch machen wollte, musste ich feststellen, dass die Firma Dirksen Security nicht mehr existiert. Nachmieter ist nun eine Firma, die vegane Blumenerde verkauft. Und den Spezialisten im Mobilfunkladen meines Vertrauens ist es nicht gelungen, das Child Tracking und die dazugehörigen Komponenten zu löschen. Dirksen scheint beim Software-Design all seine Programmierkünste aufgefahren zu haben, damit selbst kleine Hacker-Genies von ihren Eltern überwacht werden können.

Mathilda und ihr Fabian sind nun auch mir gegenüber offiziell ein Paar, und ich muss sagen, ich verstehe mich recht gut mit dem jungen Mann. In Sachen Sportwissen kann er mir natürlich nicht das Wasser reichen, was er weiß und akzeptiert, aber er kann mithalten und ist lernwillig. Das sind gute Voraussetzungen für ein konfliktfreies Auskommen mit mir.

Seit einiger Zeit erlaube ich sogar, dass Fabian bei uns übernachtet. Dieser Schritt hat mich zugegebenermaßen viel Überwindung gekostet. Aber wenn man mal so weit ist, seine Phantasie weg von dem zu lenken, was hinter der verschlossenen Kinderzimmertür, und hin zu dem, was in seinem eigenen Schlafzimmer passiert, dann hat man schon viel gewonnen.

Auf der zehn Jahre lang verwaisten anderen Seite meines

Doppelbetts schläft nachts des Öfteren nämlich wieder eine Frau. Gut, genauer gesagt liegt Aino meist sowohl auf der einst freien Hälfte als auch auf meiner, also diagonal oder quer. Zudem bewegt sie sich viel im Schlaf, was für mich bedeutet, dass ich das auch tun muss, um zu vermeiden, dass ich ihr Knie in die Rippen oder in ein anderes empfindliches Körperteil bekomme. Es ist sogar schon vorgekommen, dass ich bei einem solchen nächtlichen Ausweichmanöver aus dem Bett gefallen bin und mir blaue Flecken geholt habe. Aber angesichts der vielen schönen Veränderungen, die Aino in mein Leben gebracht hat, nehme ich diese kleinen Blessuren wirklich gern in Kauf.

Steffen Weinert
Die Netten schlafen allein

Christoph und die Frauen – das hat in den letzten 33 Jahren nicht so richtig funktioniert. Dabei ist er eigentlich ein guter Typ: Er kann zuhören, ist Nichtraucher, treu und zudem kinderlieb, was er täglich als Erzieher in der Kita Kunterbunt unter Beweis stellt. Aber es hilft nichts, in Sachen Liebeskummer ist Christoph trotzdem ein ausgewiesener Experte. Als selbst sein wortkarger Freund Zwenn plötzlich eine feste Freundin hat, wird Christoph klar: Es ist allerhöchste Zeit, sein Leben zu ändern und die Richtige zu finden! Dass ihm bei diesem Neustart ausgerechnet sein elfjähriger Nachbar Emil mit Flirt-Tipps zur Seite stehen muss, zeigt allerdings, wie tief er mittlerweile gesunken ist ...

240 Seiten

Ro-507/1

Weitere Informationen finden Sie unter www.rowohlt.de

MIX
Papier aus verantwortungsvollen Quellen
FSC® C083411
FSC
www.fsc.org

Das für dieses Buch verwendete Papier ist FSC®-zertifiziert.